조선통신사
사행록에 나타난
영천

이 자료집은 2014년 정부(교육부)의 재원으로 한국연구재단의 지원을 받아 수행된 연구임(NRF-2014S1A6A6043015).

이 자료는 2015년 대한민국 문화의 달 기념행사로 추진하는 '조선통신사와 마상재' 주제행사의 연구자료로 문화체육관광부와 경상북도, 영천시가 지원하였습니다.

영천과 조선통신사 자료총서 ②

조선통신사 사행록에 나타난 영천

구지현 엮음

영천시 · 연세대학교 인문학연구원

보고사

머리말

조선시대 한양에서 동래(東萊)에 이르는 길은 좌도와 우도로 나뉘었다. 영천(永川)은 유곡에서 갈리는 좌도의 아홉 번째 참이었다. 통신사 일행은 현재 영천군 내에 있는 신녕(新寧)에서 보통 점심을 먹고 영천 관아로 들어가서 묵었으며, 이튿날 모량(毛良)을 거쳐 경주(慶州)로 향하였다. 영천에 머무는 동안에는 인근의 대구부(大邱府), 고령현(高靈縣) 등에서 접대를 담당하였다.

사행이 오면 큰 고을에서는 부사가 전별연을 베풀었다. 본래 충주, 경주, 안동, 부산에서 전별연을 베풀었으나, 1719년 민폐를 줄이기 위해 부산의 전별연만을 남겨놓았다. 그러나 관례에 따라 영천에서도 전별연이 행해졌다. 안동, 대구, 경주 등의 큰 고을 중간에 있어서 기생과 악공 등의 접대 인원이 모이기 편했기 때문인데, 이때 마상재(馬上才)도 시연하였다.

마상재는 원래 군사훈련 종목 가운데 하나였다. 키가 크고 빛깔이 좋은 말을 골라 썼는데, 일본에 갈 때는 두 마리와 예비말을 데리고 갔다. 그리고 돌아올 때는 예물로 에도막부의 쇼군에게 주었다. 1636년 처음 마상재 군관으로서 장효인(張孝仁)과 김정(金貞) 등을 파견하였다. 쓰시마 쪽에서 쇼군을 기쁘게 하기 위해 조선에 적극적으로 청하였기 때문에 성사된 것이었다. 먼저 쓰시마 번저에서 마상재를 선보였는데, 이것이 선례가 되어 통신사행 때마다 으레 마상재를 공연하게 되었다. 에도에서는 쓰시마 번저 뿐 아니라 에도성 쇼군의 저택에서도 시연되었다. 일본에서 공연된 마상재 종목으로는 말 위에 서는 마상립(馬上立)·마상좌우칠보(馬上左右七步)·마상도립(馬上倒立)·마상도타(馬上倒拖, 馬上倒曳)·등리장신(鐙裏藏身, 馬脇隱身)·마의상앙와(馬醫上仰臥)·쌍기마(雙騎馬) 등이 있다. 일본에서 매우 인기가 많았으니, 웬만한 귀족들도 보기 어려운 진귀한 구경거리였다. 일본에서는 이것을 모방하여 다이헤이본류(大坪本流)라는 승마기예의 한 유파가 생기기도 하였다.

영천은 모든 사행원들이 모이는 집결지이자 행렬을 정비하는 곳이었다. 조양각(朝陽閣)에서는 경상도 관찰사가 직접 와서 전별연을 베풀었고 그 앞에서 마상재가 시연되었다. 이때 주변의 고을 사람들이 모두 구경하러 몰려들었고 이를 틈탄 장사치들도 앞다투어 모여들었다. 그래서 사행록을 보면 영천을 가장 번성한 도회라고 표현하는 경우가 많다.

또 경치가 훌륭하기 때문에 많은 시작품이 나왔다. 고려시대 포은 정몽주(鄭夢周)도 거쳐갔던 조양각은 강과 절벽이 어우러진 경치로 인해 통신사 사행원들의 시정을 자아냈다. 앞서 거치는 신녕에 있는 환벽정(環碧亭)은 조양각과 달리 고즈넉한 분위기로 시의 소재가 되곤 했다.

영천은 통신사가 동래로 향하는 역참 가운데 하나였으나, 어느 역참보다 많은 흔적을 남겼다. 이 책에는 46종에 이르는 사행록을 조사하여 추출한 영천에 대한 기록이 실려 있다. 당시 영천이 어떤 모습이었는지 옛사람들의 기록을 통해 살펴볼 수 있는 기회가 될 것이다.

영천시에서는 조선통신사를 키워드로 하여 2015년 문화의 달 행사를 준비해왔으며, 2014년 인문도시지원사업 「영천과 조선통신사─한일 간

의 벽을 허물다」를 진행하면서 통신사에 관한 많은 연구업적을 축적하
였다. 이번의 자료집 간행을 계기로 하여, 영천의 조선통신사 사업이
일회성에 그치지 않고 앞으로도 지속되면 다행이겠다.

2015년 8월 20일
구지현

차 례

〈조양각과 환벽정 사진〉

마상재를 시연했던 영천 조양각에 서세루 편액이 걸려 있다

조양각 편액

통신사 사행원들이 즐겨 시를 지었던 신녕 환벽정

<통신사 관련 영천 신녕 옛지도>

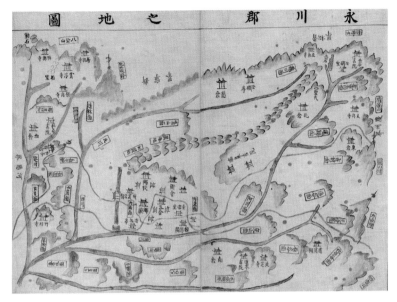

〈지도 1〉 영천군지(상백고 915.15-Y43)

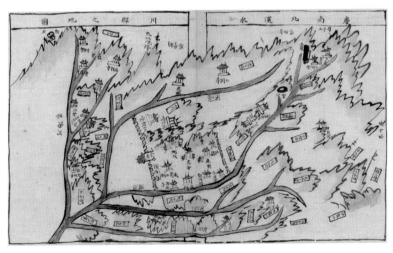

〈지도 2〉 영천군읍지(규 10852)

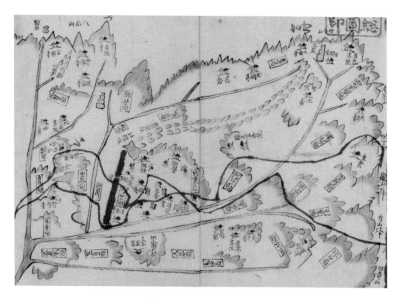

〈지도 3〉 영남읍지(영천)

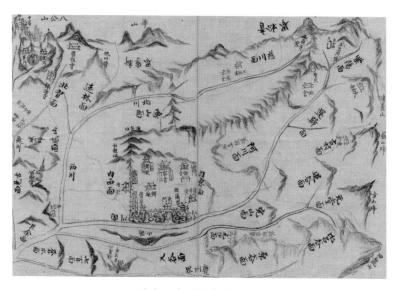

〈지도 4〉 영남읍지(영천)

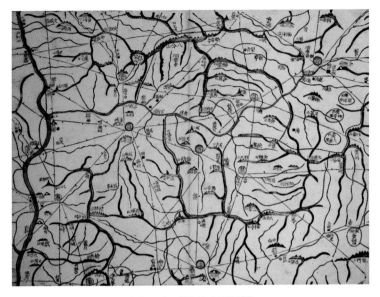

〈지도 5〉 대동여지도(영천)

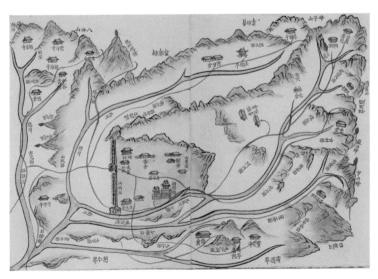

〈지도 6〉 경상도읍지(영천)

〈지도 7〉 1872년 지방지도 영천군전도

〈지도 8〉 영양도(용화사소장)

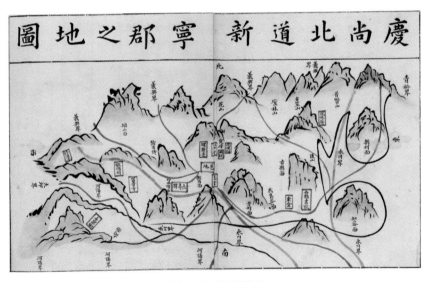

〈지도 9〉 신녕군읍지

19

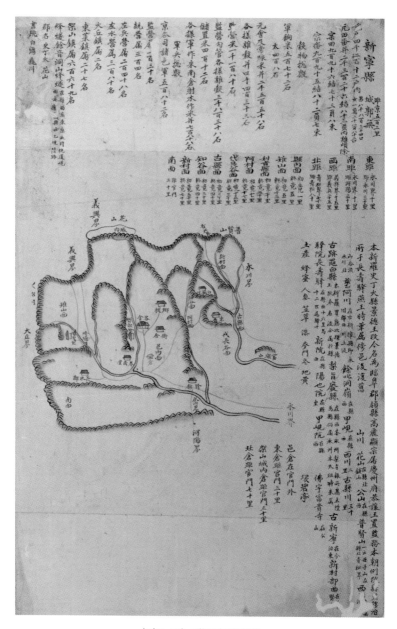

〈지도 10〉 해동지도(신녕)

〈지도 11〉 영남읍지(신녕)

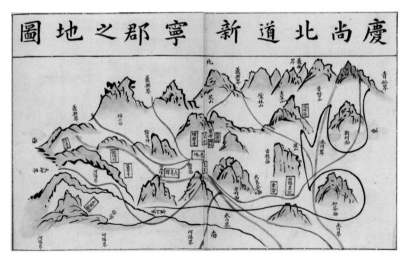

〈지도 12〉 신녕군읍지

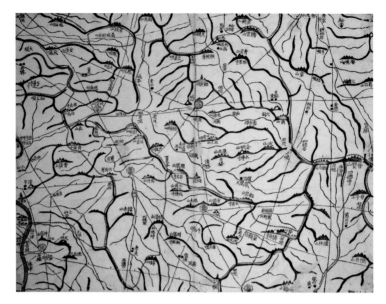

〈지도 13〉 대동여지도(신녕)

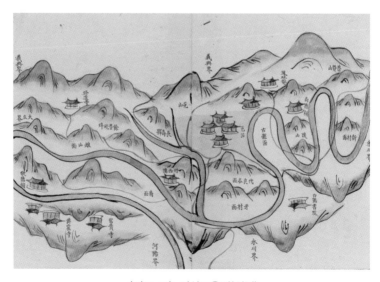

〈지도 14〉 경상도읍지(신녕)

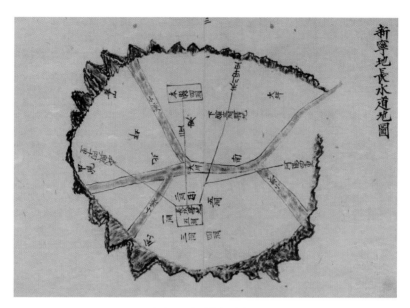

〈지도 15〉 신녕 장수도

일러두기

1. 『해행총재』에 실려 있는 통신사 사행록 이외에, 국내외에 흩어져 있는 사행록들을 수집하여 번역하였다.
2. 개별 사행록을 간단히 소개하고, 영천 관련 부분을 발췌하였다.
3. 시대 순으로 편집하였으며, 같은 시기의 사행록은 정사·부사·종사관·제술관·서기·역관·의원·군관과 자제군관 순으로 배열하였다.
4. 번역문, 원문, 원전 순으로 편집하였다.
5. 주석은 꼭 필요한 경우에만 붙였다.

해설

통신사 사행록과 해행총재(海行摠載)

　고려시대 대일외교는 왜구 때문에 시작되었다. 내륙까지 들어와 노략질해가는 왜구는 큰 골칫거리였다. 일본으로 사신을 보내 왜구를 제어하도록 요청하려 했던 것이 사신 파견의 시작이 된 것이다. 영천 출신의 정몽주(鄭夢周, 1337~1392)는 고려 시대의 대일외교를 대표하는 인물로, 1377년 건너가 왜구 금압에 외교성과를 올렸을 뿐 아니라 왜구에 잡혀갔던 포로들을 수백 명 이끌고 돌아왔다.

　고려의 외교 방식은 조선 건국 후에도 그대로 답습되었다. 당시 일본은 통일이 된 상태가 아니었던 터라 조선에서는 각 지역의 호족과도 접촉하여 왜구를 억제하려 하였는데, 일본 쪽에서는 대장경, 불상을 요청하고 무역의 이익을 위해 적극적으로 사신을 파견해왔을 뿐 아니라 가짜 사신을 파견하기까지 하였다. 따라서 일본 사절의 범위와 예우를 확정할 필요가 있었다. 세조 때 일본에 사신으로 다녀온 경험이 있었던 신숙주(申叔舟, 1417~1475)는 성종의 명을 받아 『해동제국기(海東諸國記)』를 저술하였는데, 이 책은 사절 응대 절차 뿐 아니라 일본의 역사, 풍속, 지리까지 포괄된 일종의 일본 지리지였다.

　조선의 대일외교는 1590년 한 차례 변화를 맞이하였다. 도요토미 히데

요시가 일본을 통일하고 조선에 사절을 요청한 것이었다. 조선에서는 "통신사(通信使)"라는 명칭으로 황윤길(黃允吉, 1536~?), 김성일(金誠一, 1538 ~1593), 허성(許筬, 1548~1612)을 파견하였다. 그러나 도요토미 히데요시의 속셈은 따로 있었다. 결국 통신사가 돌아온 후 임진왜란이 일어나게 되었다.

임진왜란으로 단절된 국교는 에도막부 성립 후 다시 재개되었다. 1607년, 1617년, 1624년의 세 차례는 "회답겸쇄환사(回答兼刷還使)"라고 명명되었다. 조선인 포로를 데리고 온다는 임시사절의 의미를 부각한 명칭이었다. 1636년 이후부터 다시 통신사라는 명칭을 사용하게 되었는데, 사신 파견이 정례화되었다는 것을 의미한다. 의례상의 마찰이 있기는 하였으나 1811년까지 외교적으로 평화로운 가운데 사신이 파견되었다.

그렇다 하더라도 한 번 침략을 받았던 경험이 있었기 때문에 사신들의 일본 정탐은 필수였다. 그리고 귀국한 후 왕의 경연장에 나아가 일본의 동태에 대해 보고하는 것이 관례였다. 일본 견문의 기록은 일기체 형식이나 상주문 형식으로 정리되어 남았는데, 이러한 것을 보통 사행록이라 부른다.

일본으로 사행을 떠나는 사람들에게 신숙주의 『해동제국기』는 필독서였고, 임진왜란 포로였던 강항(姜沆, 1567~1618)의 기록도 일본 이해를 위한 문헌으로 활용되었다. 그리고 회를 거듭할수록 축적되는 이전 사신의 사행록이 주요한 참고문헌이 되었다.

1747년 통신사로 임명된 홍계희(洪啟禧, 1703~1771)는 이러한 문헌을 모아서 『해행총재(海行摠載)』라 이름을 붙였다. 1763년 통신사로 임명된 서명응(徐命膺, 1716~1787)은 이를 베껴 61권으로 정리하고 『식파록(息波錄)』이라 하였는데, 출발에 닥쳐 조엄(趙曮, 1719~1777)으로 바꾸어 임명되자 조엄에게 전달되었다. 돌아온 후 조엄은 자신의 사행록인『해사일기(海槎日記)』를 덧붙여『해행총재』를 집대성하였다.

제1책에는『전후사행비고(前後使行備考)』, 정몽주(鄭夢周)의『봉사시작(奉使時作)』, 신숙주(申叔舟)의『봉사시작(奉使時作)』·『해동제국기(海東諸國記)』, 제2·3책에는 김성일(金誠一)의『해사록(海槎錄)』, 제3-6책에는 신유한(申維翰)의『해유록(海游錄)』상·중·하, 제7책에는 강항(姜沆)의『간양록(看羊錄)』등이 있다. 제8책에는 경섬(慶暹)의『해사록(海槎錄)』상·하, 제9책에는 오윤겸(吳允謙)의『동사상일록(東槎上日錄)』, 제10책에는 이경직(李景稷)의『부상록(扶桑錄)』, 제11책에는 강홍중(姜弘重)의『동사록(東槎錄)』, 제12책에는 임광(任絖)의『병자일본일기(丙子日本日記)』, 부록으로 이지항(李志恒)의『표주록(漂舟錄)』, 제13·14책에는 김세렴(金世濂)의『해사록(海槎錄)』상·하 등이 있다. 제15책에는 김세렴의『사상록(槎上錄)』, 제16책에는 황호(黃㦿)의『동사록(東槎錄)』, 제17책에는 조경(趙絅)의『동사록(東槎錄)』, 신유(申濡)의『해상록(海上錄)』상, 제18책에는『해상록』하와 작자 미상의『계미동사일기(癸未東槎日記)』상·중, 제19·20책에는 남용익(南龍翼)의『부상록(扶桑錄)』상·중, 제21책에는 남용익의『문견별록(聞見別錄)』, 제22책에는 홍우재(洪禹載)의『동사록(東槎錄)』등이 있다. 제23책에는 김지남(金指南)의『동사일록(東槎日錄)』, 제24책에는 조엄(趙曮)의『조제곡일기(趙濟谷日記)』1, 제25～28책에는 조엄의『조제곡일기』2·3·4·5 등이 있다.『조제곡일기』는『해사일기(海槎日記)』이다.

고려 말부터 조선시대 전반에 걸쳐 현존하는 일본관계 사행일기가 거의 망라되어 있고, 각 사행단의 규모와 목적·일정·절차 등이 소상히 기록되어 있다. 조선의 대일본정책과 당시 일본의 정세, 일본의 시각 등을 살펴볼 수 있고 일본의 풍물을 시기별로 파악할 수 있다.

이 외에도 『해행총재』에 실려 있지 않은 사행록이 우리나라와 일본에 수 종이 소장되어 있다. 그 가운데 비교적 정제된 형태를 띤 것은 10종에 달한다.

사행은 궁궐에서 왕에게 숙배를 하고 떠날 때부터 시작된다. 한양을 출발해 부산에 도착한 후 쓰시마의 호행(護行)을 받으면서 배를 타고 쓰시마, 이키(壹岐), 아이노시마(藍島)를 거쳐 일본 혼슈(本州)의 아카마가세키(赤間關)에 들어가고, 세토나이카이(瀨戶內海)를 지나 오사카에서 뭍에 오른다. 육로로 에도까지 도착해 국서를 전달한 후 같은 길을 따라 귀로에 오른다.

영천은 국내 여정 중에서 중요한 위치에 있었다. 좌도(左道)의 아홉 번 째 참(站)이자 통신사 일행이 집결하는 곳이기 했고, 마상재(馬上才)가 시연되는 연회가 베풀어지는 곳이었다. 따라서 영천에 대한 기록이 사행록에서 빠지는 경우를 찾기가 어렵다.

사행록을 통해 영천의 번성했던 옛 모습을 살펴보는 것도 영천 이해를 위한 하나의 시도라 할 수 있을 것이다.

임진왜란 이후 12차 파견된 통신사의 사행록 가운데 현재까지 확인된 사행록은 모두 46종인데, 그 목록은 다음과 같다.

〈임진왜란 이후 통신사 사행록 목록〉

번호	자료명	연도	저자	소장처	청구기호
1	해사록 (海槎錄)	1607	副使 慶暹	국립중앙도서관	『海行摠載』 한古朝 90-2 v.8
2	해동기 (海東記)	1607	軍官 蔣希春	국립중앙도서관	『誠齋實紀』 古2511-78-2-1-2
3	동사상일록 (東槎上日錄)	1617	正使 吳允謙	국립중앙도서관	『海行摠載』 한古朝90-2 v.9
4	동사일기 (東槎日記)	1617	副使 朴榟	서울대 규장각	古4254-46
5	부상록 (扶桑錄)	1617	從事官 李景稷	국립중앙도서관	『海行摠載』 한古朝90-2 v.10
6	동사록 (東槎錄)	1624	副使 姜弘重	국립중앙도서관	『海行摠載』 한古朝90-2 v.11
7	병자일본일기 (丙子日本日記)	1636	正使 任絖	국립중앙도서관	『海行摠載』 한古朝90-2 v.12
8	사상록 (槎上錄)	1636	副使 金世濂	국립중앙도서관	『海行摠載』 한古朝90-2 v.15
9	해사록 (海槎錄)	1636	副使 金世濂	국립중앙도서관	『海行摠載』 한古朝90-2 v.13~14
10	동사록 (東槎錄)	1636	從事官 黃㦿	국립중앙도서관	『海行摠載』 한古朝90-2 v.16
11	해사일기 (海槎日記)	1636	能書官 全榮	국립중앙도서관	『斗巖文集』 古3648-68-29-1~2
12	동사록 (東槎錄)	1643	副使 趙絧	국립중앙도서관	『海行摠載』 한古朝90-2 v.7
13	해사록 (海槎錄)	1643	從事官 申濡	국립중앙도서관	『海行摠載』 한古朝90-2 v.17~18
14	계미동사일기 (癸未東槎日記)	1643	미상	국립중앙도서관	『海行摠載』 한古朝90-2 v.18
15	부상일기 (扶桑日記)	1655	正使 趙珩	미국 하버드대 엔칭도서관	TK3487.6-4810
16	부상록 (扶桑錄)	1655	從事官 南龍翼	국립중앙도서관	『海行摠載』 한古朝90-2 v.19~20

17	문견별록 (聞見別錄)	1655	從事官 南龍翼	국립중앙도서관	『海行摠載』 한古朝90-2 v.21
18	일본기행 (日本紀行)	1655	軍官 李東老	일본 天理大学	국립중앙도서관 古2387-19
19	동사록 (東槎錄)	1682	首譯 洪禹載	국립중앙도서관	『海行摠載』 한古朝90-2 v.22
20	동사일록 (東槎日錄)	1682	押物通事 金指南	국립중앙도서관	『海行摠載』 한古朝90-2 v.23
21	승사록 (乘槎錄)	1682	正使 尹趾完	성균관대 존경각	『東山遺稿』 D03B-0284
22	동사일기 (東槎日記)	1711	副使 任守幹	국립중앙도서관	BA3653-19
23	동사록 (東槎錄)	1711	押物通事 金顯門	일본 京都大学	BXI / g / 4-1 / 朝
24	동사록 (東槎錄)	1711	正使 趙泰億	국립중앙도서관	『謙齋集』 奎11920-v.1~20
25	해사일록 (海槎日錄)	1719	正使 洪致中	일본 京都大学	BXI / g / 4-1 / 朝
26	해유록 (海遊錄)	1719	製述官 申維翰	국립중앙도서관	『海行摠載』 한古朝90-2 v.4~6
27	부상기행 (扶桑紀行)	1719	子弟軍官 鄭後僑	일본 京都大学	BXI / g / 4-1 / 朝
28	부상록 (扶桑錄)	1719	軍官 金瀚	국립중앙도서관	한貴古朝63-11
29	수사일록 (隨槎日錄)	1747	子弟軍官 洪景海	서울대 규장각	古4710-5-v.1~2
30	일본일기 (日本日記)	1747	從事官 曹命采	일본 京都大学	BXI / g / 1-2
	봉사일본시문견록 (奉使日本時聞見錄)	1748	從事官 曹命采	서울대학교 규장각	奎貴13056-v.1~2
31	해사일기 (海槎日記)	1763	正使 趙曮	국립중앙도서관	『海行摠載』 한古朝90-2 v.24~28
32	일관기 (日觀記)	1763	製述官 南玉	국사편찬위원회	KO B16HD 6 v.1~4
33	일본록 (日本錄)	1763	書記 成大中	고려대 중앙도서관	대학원貴-545-1-2

34	승사록 (乘槎錄)	1763	書記 元重擧	고려대 六堂文庫	육당 B8 A28 1
35	화국지 (和國志)	1763	書記 元重擧	일본 成簣堂文庫	국립중앙도서관 911.05-이519ㅎ
36	사록 (槎錄)	1763	軍官 閔惠洙	고려대 六堂文庫	육당 B8 A23
37	명사록 (溟槎錄)	1763	漢學上通事 吳大齡	국립중앙도서관	『溟槎錄』 古2653-17
38	계미수사록 (癸未隨槎錄)	1763	船將 卞琢	국립중앙도서관	승계古3653-40
39	일동장유가 (日東壯遊歌)	1763	書記 金仁謙	서울대 규장각	822.05-G42i
				단국대	
40	일관창수 (日觀唱酬)	1763	製述官 南玉	국립중앙도서관	915.204-김847ㅇ
41	일관시초 (日觀詩草)	1763	製述官 南玉	국립중앙도서관	古3644-7
42	해행일기 (海行日記)	1763	正使 趙曮	국사편찬위원회	古3644-8
43	신미통신일록 (辛未通信日錄)	1811	正使 金履喬	김동규 소장	MF A내수188
44	청산도유록 (淸山島遊錄)	1811	書記 金善臣	국립중앙도서관	*통문관 영인본 B17B-H김69ㅅ
45	동사록 (東槎錄)	1811	軍官 柳相弼	고려대 六堂文庫	한古朝93-85

1590년

(임진왜란 이전)

해사록(海槎錄)

부사 김성일

김성일(金誠一, 1538~1593)의 본관은 의성(義城), 자는 사순(士純), 호는 학봉(鶴峯)이다. 퇴계(退溪) 이황(李滉)의 문인으로, 1568년 증광문과에 병과로 급제하여 승문원 권지부정자가 되고, 그 뒤 정자·검열 등을 역임하였다.

1590년 통신부사(通信副使)가 되어 정사 황윤길(黃允吉), 서장관 허성(許筬)과 함께 수행원 200여명을 거느리고 쓰시마를 거쳐 오사카로 가 도요토미 히데요시(豊臣秀吉)를 만났다.

1591년 봄에 돌아와 국정을 보고할 때 서인(西人)에 속했던 황윤길이 일본의 내침을 예측하고 대비책을 강구했던 것과 달리 동인(東人)에 속했던 김성일은 도요토미 히데요시의 인물됨이 보잘것없어 외침의 기색을 보지 못했다고 엇갈린 주장을 하였다.

그 해 부호군에 이어 대사성이 되어 승문원부제조를 겸했고, 홍문관부제학을 역임하였다. 1592년 형조참의를 거쳐 경상우도병마절도사로 재직하던 중 임진왜란이 일어나자, 이전의 보고에 대한 책임으로 파직되었다. 서울로 소환되던 중, 허물을 씻고 공을 세울 수 있는 기회를 줄 것을 간청하는 유성룡(柳成龍) 등의 변호로 직산(稷山)에서 경상우도초유사로 임명되어 다시 경상도로 향하였다.

의병장 곽재우(郭再祐)를 도와 의병활동을 고무하였고, 함양·산음(山陰)·단성·삼가(三嘉)·거창·합천 등지를 돌며 의병을 규합하였으며, 각 고을에 소모관(召募官)을 보내 의병을 모았다. 또한 관군과 의병 사이를 조화시켜 전투력을 강화하는데 노력하였다. 8월 경상좌도관찰사에 임명되었다가 곧 우도관찰사로 다시 돌아와 의병 규합과 군량미 확보에 전념하였다. 또한 진주목사 김시민(金時敏)으로 하여금 의병장들과 협력하여 왜군의 침입으로부터 진주성을 보전하게 하였다.

1593년 경상우도순찰사를 겸해 도내 각 고을에 왜군에 대한 항전을 독려하다 병사하였다. 일본 사행을 기록한『해사록』을 저술하였다.

『해사록』은 모두 5권으로 구성되어 있는데, 1권에서 3권까지는 시, 4권에는 서간(書簡)과「설변지(說辨志)」, 5권에는 김성일의 행장이 부록으로 실려 있다.

시는 주로 여행지의 지리·풍물 등을 형용하였거나 친구들과 송별한 시, 사신일행 또는 일본 측 접반사들과 화답하거나 차운한 시이다.

편지는 조선 측 정사와 일본 측 접반사인 게이테쓰 겐소(景轍玄蘇), 야나가와 시게노부(柳川調信) 및 쓰시마도주 소 요시토시(宗義智) 등에게 보내는 것들이다. 특히 세 사신인 정사 황윤길(黃允吉)·부사 김성일·서장관 허성(許筬)이 일본인을 접촉하는 예절에 있어서 의견이 달라 서로 논쟁한 내용이 주고받은 편지에 드러나 있다.

이 외에도 야나가와 시게노부가 음악을 청한 데 대해 김성일이 쓴 설(說)과 입도(入都)·출도(出都) 때의 변(辨), 그리고 일본인의 예단지(禮單志)에 대한 변론 등이 담겨 있다.

시 가운데 왕로에서 신녕현(新寧縣)에 머문 3월 27일에 지은 시 한 수가 있다.

○ 27일 신녕관에 도착하다. 차운하여 죽헌에 쓰다. 2수.

푸른 대 만 그루가 구름에 닿을 듯	琅玕萬箇拂雲溪
칼 뽑은 듯한 기개가 낮았던 때 있으랴	劍拔何曾氣格低
천 리 나그네 오니 봄날도 다하려는데	千里客來春欲盡
수풀 너머 숨은 새는 누굴 위해 우짖나	隔林幽鳥爲誰啼

자리 아래 맑은 시내 언 듯 흐르지 않고	席下淸川凝不流
영웅은 사라졌건만 달은 부질없이 머물러 있네	英雄鳥過月空留
이별노래 한 곡조 찾을 곳 없기에	陽春一曲無尋處
이 분[대나무]께 물으니 이 분 역시 시름하네	却問此君君亦愁

돌아가신 약봉 형님[金克一]께서 (신녕관에서) 쓰신 시가 있는데 지금 와서 살펴보니 시판이 없어졌다. 아! 절묘한 시를 세상에서 어찌 알랴. 애석하도다.
○ 약봉의 시는 다음과 같다.

겨울 시내에 싸늘하게 바람이 불고	颯颯寒溪風
마른 대나무에 쓸쓸하게 비가 내리네	蕭蕭枯竹雨
마당 쓰는 소리에 꿈에서 놀라 깨니	夢驚掃地聲
낙엽이 무수히 떨어졌나 보네	落葉應無數

二十七日到新寧館次題竹軒二首

琅玕萬箇拂雲溪, 劍拔何曾氣格低。千里客來春欲盡, 隔林幽鳥爲誰啼。

席下淸川凝不流, 英雄鳥過月空留。陽春一曲無尋處, 却問此君君亦愁。【藥峯先兄曾有題詠, 今來檢看, 則板不在矣。噫!黃絹幼婦, 世豈有知之者乎? 惜哉! ○藥峯詩:"颯颯寒溪風, 蕭蕭枯竹雨。夢驚掃地聲, 落葉應無數。】

二十七日。到新寧舘次題竹軒二首。

琅玕萬箇拂雲溪　劒拔何曾氣格低千里客來春欲盡隔林幽鳥爲誰啼。

席下晴川凝不流英雄鳥過月空留陽春一曲無尋處卻問此君君亦愁。藥峯先兄曾有題詠今來檢看則板不在矣。憶黃絹幼婦世豈有知之者乎。惜哉。○藥峯詩飂飂寒溪風蕭蕭枯竹雨夢驚掃地聲落葉應無數。

1607년

(제1차 사행)

해사록(海槎錄)

부사 경섬

·

경섬(慶暹, 1562~1620)의 본관은 청주(淸州), 자는 퇴부(退夫), 호는 삼
휴자(三休子)·석촌(石村)·칠송(七松)이다. 1590년 증광문과에 병과로 급
제하였다. 1594년 홍문관정자를 제수받았다.

1598년 진주사(陳奏使)의 정사(正使)인 최천건(崔天健)을 따라 서장관
(書狀官)으로 명나라에 다녀왔다. 그 뒤 사헌부의 지평·장령과 사간원
헌납 등을 역임하였다. 학문이 뛰어나 삼사의 요직을 두루 거치고 부제
학과 호조참판에 이르렀다.

1606년 도쿠가와 이에야스(德川家康)가 임진왜란 중 왕릉을 파헤친 범
릉적(犯陵賊) 2명을 조선에 넘기며 화친할 것을 요청하자, 이듬해 1607년
양국의 우호를 다지고 임진왜란과 정유재란 때 잡혀간 피로인(被虜人)을
데려오기 위해 회답겸쇄환사(回答兼刷還使) 여우길(呂祐吉)과 함께 통신부
사(通信副使)가 되어 임진왜란 후 첫 번째 사절로 일본에 건너가 포로
1,340명을 데리고 돌아왔다. 이때 쓰시마 도주 소 요시토시(宗義智)의 가
신(家臣)인 다치바나 도모마사(橘智正, 井手彌六左衛門)가 호행(護行)하였

다. 사행 당시 관직은 통훈대부(通訓大夫) 사도시 겸 춘추관 편수관(司導寺 兼春秋館編修官)이었다. 이때 지은 사행록이 『해사록(海槎錄)』이다.

『해사록』은 2권 1책으로 『해행총재(海行摠載)』에 실려 있다. 상권에는 1월 12일 사명(使命)을 받고 대궐에 나아가 하직하던 일부터 5월 29일 일본 에도에 머문 기사까지 약 5개월 동안의 일이 수록되었다. 하권에는 6월 1일 일본 관백(關白)에게 조선의 국서를 전하는 의식을 논하던 일부터 7월 17일 귀국하여 복명하던 일까지 약 3개월 동안의 일이 수록되었다.

일기가 끝난 뒤에는 일본에 관한 총론을 덧붙여 그곳의 지형, 역사, 전제(田制), 관제(官制), 예절, 풍속 등을 개설하였다. 이어서 「회답겸쇄환사동사원역록(回答兼刷還使同槎員役錄)」을 붙였다. 1,418명의 포로를 쇄환한 전말이 잘 기록되어 있다.

1월 28일(임진)

흐림. 군위현을 떠나 소계역(召溪驛) 냇가에서 점심을 먹었는데, 인동 부사(仁同府使) 유승서(柳承瑞)가 출참(出站)하였다.

신시(申時)에 신녕현(新寧縣)에 들어갔더니, 현감 정장(鄭樟)이 차사원(差使員)으로 서울에 올라갔고, 청송 부사(青松府使) 이영도(李泳道)가 병정지대관(竝定支待官)으로 현에 당도해 있기에 계당(溪堂)에서 조용히 얘기를 나누었다. 들으니, "상사와 종사는 오늘 의성에 도착했다"고 한다.

29일(계사)

맑음. 신녕현을 떠나 오시(午時)에 영천군(永川郡)에 도착하였다. 주수(主倅) 황여일(黃汝一)·지응관(支應官) 고령 현감 신수기(申守淇)·대구 판관 김혜(金憲)와 모여 얘기하였다.

저녁에 본도의 방백(方伯) 유순지(柳詢之)·도사 황근중(黃謹中)이 본군에 들어왔다. 방백이 있는 처소에 갔다가 거기서 도사·영천 군수와 함께 방에서 술자리를 베풀었다. 밤이 깊었는데 몹시 취해 부축을 받으며 처소로 돌아왔다.

성현 찰방(省峴察訪) 윤기삼(尹起三)이 와서 얘기를 나누었다.

2월 1일(갑오)

맑음. 영천군에 머물렀다.

오시에 상사가 종사와 더불어 신녕에서 본군에 도착했기로 즉시 가서 만나보고, 이어 방백과 모여 술을 나누었는데, 밤에야 끝났다. 청송 부사가 연향관(宴享官)으로 왔다.

2일(을미)

맑음. 영천에 머물렀다.

방백이 연향례(宴享禮)를 성대히 베풀었는데, 도사와 청송·영천·대구 세 고을 원이 들어와 참석하였다.

3일(병신)

맑음. 아침에 방백이 있는 처소에 모여 술자리를 베풀었는데, 몹시 취하였다.

오시에 떠나 아불역(阿佛驛)에서 점심을 먹었는데, 청도 군수(淸道郡守) 김구정(金九鼎)이 출참(出站)하였다. 송운(松雲, 사명당) 스님이 사미(沙彌)를 시켜 별장(別章)을 뒤따라 보내왔다.

경주부에 들어가니, 그때 밤이 깊었는데, 부윤(府尹) 허상(許鏛)은 병이 위독하여 나오지 못하고, 판관 박상(朴瑺)이 혼자 지대(支待)하였다.

二十八日壬辰

陰。發軍威縣。中火於召溪驛川邊, 仁同府使柳承瑞出站。申時馳入新寧縣。縣監鄭樟, 以差使員上京, 靑松府使李泳道, 以並定支待官到縣, 從容敍話於溪堂。聞上使與從事, 今日到義城云。

二十九日癸巳

晴。發新寧縣。午時到永川郡。與主倅黃汝一、支應官高靈縣監申守淇、大邱判官金憲, 會話。夕本道方伯柳詢之。都事黃謹中入郡, 往方伯下處, 仍與都事主倅, 設酌於房中, 夜闌大醉扶還下處。省峴察訪尹起三, 來話。

二月大

初一日甲午

晴。留永川郡。午時, 上使與從事, 自新寧馳到本郡, 卽往相見。仍與方伯, 會酌夜罷。靑松府使, 以宴享官來到。

初二日乙未

晴。留永川。方伯大設宴享禮, 都事靑松永川大邱三倅, 入參。

初三日丙申

晴。朝會於方伯下處, 設酌大醉。午時發行。中火於阿佛驛, 淸道郡守金九鼎, 出站。松雲, 使其沙彌, 追送別章。馳入慶州府, 時夜向闌。府尹許鏜, 病劇不出, 判官朴瑒, 獨爲支待。

二十七日辛卯而朝與庶委倅及支待官知禮縣監
盧道亨暫話而罷冒雨馳入軍威縣々監朴齊仁也
李居昌輔持酒果来酌
二十八日壬辰陰發軍威縣中火於召溪驛川邊仁
同府使柳承瑞出站申時馳入新寧縣々監鄭樟以
差使員上京青松府倅李泳道以並定支待官到縣
從答叙話於溪堂聞上使與従事今日到義城云
二十九日癸巳時發新寧縣午時到永川郡興主倅
黃浹一支應官高靈縣監申守淇大邱判官金憲會
話夕本道方伯柳詢之都事黃謹中入郡往方伯下

慶仍與都事主倅設酌於房中夜劇大醉扶還下處

省峴僉訪尹起三來話

二月大

初一日甲午晴留永川郡午時上使與從事自新寧

馳到本郡即往相見仍與方伯會酌夜罷青松府使

以宴事官來到

初二日乙未晴留永川方伯大設宴享禮都事青松

永川大郡三倅入叅

初三日丙申晴朝會於方伯下處設酌大醉午時發

行中火於阿佛驛清道郡守金九鬥出站松雲便其

沙彌追送別章馳入慶州府時夜向闌府尹許錦病

劇不出判官朴瑝獨爲支待

初四日丁酉晴留慶州尼山縣監許涵府尹之子也

以患清道雜物差使員將向釜山行到本府以府尹

病苦仍留相見暫話午後登覽鳳凰臺小酌而還

初五日戊戌晴朝發慶州中火於新院昌寧縣監李

奎賓出站仍於設酌醉別申時馳入蔚山郡兵使鄭

起龍來見設酌夜深乃罷

初六日己亥晴朝發蔚山中火於龍堂驛昏入東萊

府峽主倅李士和倭使橘智正接慰官金子定會話

7월 9일(기해)

맑음. 이른 아침에 (경주) 부윤 영공이 보러 와서 술자리를 베풀었다. 판관(判官) 안유성(安由省)도 참석하였는데, 잠시 술잔을 들다가 파하였다.

아불역(阿佛驛)에서 점심을 먹고 영천군(永川郡)에서 말에게 죽을 먹였다. 군수 황회원(黃會元)이 술자리를 베풀어 잠깐 대화하였다.

초경에 신녕현(新寧縣)에서 투숙하였다. 현감은 정장(鄭樟)이었다. 유후(有後)가 서울로부터 왔다.

10일(정자)

맑음. 아침에 신녕현을 떠나 소계역(召溪驛)에서 점심을 먹었다. 의흥현감(義興縣監) 남사언(南士彦)이 출참(出站)하여 술자리를 차리고 얘기하였다. 창락(昌樂)·안기(安奇) 두 찰방(察訪)이 와서 문후(問候)하였다.

군위현(軍威縣)에서 말에게 죽을 먹였다. 현감 박제인(朴齊仁)·통제사 종사관 홍위(洪瑋)와 더불어 술자리를 마련하고 얘기하였다.

초저녁에 비안현(比安縣)에 도착하였다. 현감 조직(趙稷)과 더불어 조용히 얘기하다가 파하였다.

初九日己亥

晴。早朝, 府尹令公來見設酌, 判官安由省亦參, 暫酌而罷。中火於阿佛驛, 秣馬於永川郡, 郡守黃會元, 設酌暫話。初更, 投宿於新寧縣。縣監, 鄭樟也, 有後自京來會。

初十日庚子

晴。朝發新寧縣, 中火於召溪驛。義興縣監南士彥, 出站酌話。昌樂安奇兩察訪來候, 秣馬於軍威縣, 與縣監朴齊仁, 統制從事洪瑋酌話。初昏到比安縣。與縣監趙稷, 從容話罷。

李景濂酌話而罷

初七日丁酉晴早朝發行中火於龍堂驛夕到蔚山

府兵使李瑗来見暫酌而罷

初八日戊戌晴朝兵使来見朝後發行中火於朝驛

馳入慶州府興府尹李献令公酌話夜罷與使自

密陽送簡子及傳書有旨草乃兼程上来事也以十

一日約會於洵州

初九日己亥晴早朝府尹令公来見設酌判官安宙

省克恭醉酌而罷中火於阿佛驛秣馬於永川郡々

守黃會元設酌暫話初更投宿於新寧縣々監鄭樟

也有後自京來會
初十日庚子晴朝發新寧縣中火於召溪驛義興縣
監南士羲出站酌話昌樂安奇兩察訪來候秣馬於
軍威縣興縣監朴齊仁統制從事洪瑋酌話初昏到
比安縣興縣監趙稷從容話罷
十一日辛丑晴發朝中火洛東江觀水樓義城縣監
姜克裕出站聞罷還縣云夕到尚州上使巳先至矣
同宿於上使下處鄭兵使起龍趙判官靖會話夜罷
十二日壬寅晴朝發尚州中火於咸昌縣磬休於幽
谷驛夕到聞慶縣並定官醴泉郡守金道源新尚州

해동기(海東記)

종사관 장희춘

장희춘(蔣希春, 1556~1618)의 본관은 아산(牙山), 자는 인경(仁敬), 호는 성재(誠齋)이다.

1592년에 왜적이 침범해 올 것이라는 소문이 돌자, 뜻을 같이하는 윤홍명(尹弘鳴)·이응춘(李應春) 등과 무룡산에서 보국진충의 결의를 다지고 경주 의병장 이언춘(李彦春)에게 협력을 요청하는 등 유사시에 대비하였다.

같은 해 4월 임진왜란이 발발하자 울산 기박산(旗朴山)에서 박봉수(朴鳳壽)·이경연(李景淵) 등 여러 의사와 더불어 창의거병에 가담하였다. 이후 좌병영에 주둔한 적을 물리치고 이어 울산의 개운포, 경주의 선도산, 영천의 창암 등지로 달려가 여러 의사와 함께 초기 경주와 울산 지역 방어에 크게 기여하였다.

1594년 일본의 장군 가토 기요마사(加藤淸正)가 울산 서생포(西生浦)에 주둔하며 화친을 청할 때, 이겸수(李謙受)와 함께 가토 기요마사의 부장 기하치로(喜八郞)에게 접근하여 적의 진위를 파악하였다. 이때 세운 공으로 정주 판관(定州判官)을 지냈다.

왜정(倭情)에 능통하고 조정의 신뢰가 높아 전쟁이 마무리될 때까지 왜군과의 교섭을 맡거나 적정을 탐색하였다. 특히 정유재란 때 경상도 지역의 왜성을 중심으로 한 왜군 진영의 정세를 탐색하는데 커다란 공을 세웠다.

1598년 가을에 전란이 수습되자 훈련원 판관에 제수되었고, 1607년 형조정랑을 지냈다. 이때 쇄환사(刷還使) 여우길(呂祐吉)을 따라 종사관으로 일본을 다녀와서 그곳의 자연과 풍물을 기술한 『해동기(海東記)』를 남겼다.

『해동기』는 1607년 정월 15일부터 7월 17일 복명할 때까지의 기록으로, 일본의 국도·성씨·인성·풍속·음악·음식·의복·관구(冠屨)·주택·계전(計田)·명목(名目)·형벌·습전(習戰) 등이 상세히 기록되어 있어 당시 일본의 사회상을 엿볼 수 있는 자료이다.

장희춘의 실기(實記)인 『성재실기(誠齋實紀)』 제2권 「잡저(雜著)」에 수록되어 있고, 『성재실기』는 국립중앙도서관에 소장되어 있다.

정월 21일(을유)

맑음. 새벽에 문경현(聞慶縣)을 출발하여 호계(虎溪) 역참(驛站)에 도착했다.

정사(正使)·종사관(從使官)이 부사(副使)와 길을 나누어, 정사와 종사관은 경상좌도 쪽으로 가고 부사는 경상우도 쪽을 향해 갔다가 영천(永川) 역참에서 만나기로 기약했다.

二十一日。乙酉。晴。

　　早發聞慶縣, 行到虎溪站。正使及從使與副使分路, 而正使從使向
左道, 副使向右道, 期於永川站相會。

二十一日乙酉晴早發聞慶縣行到虎溪站正使反
從使與副使分路而正使從使向左道副使向右道
期於永川站相會暮宿龍宮縣正使從使同寢上房
余與明叔宿別軒軒在水岸形勢頻高而石柱上尚有
水痕余怪問之乃乙巳水患之所浸者也遂和鄭景
怗詩
巍照樓閣枕山根形壓長江勢自尊昔年汎濫今來
識柱上分明水浸痕
二十二日丙戌晴使行臨發龍宮倅李廷赫為設餞
酌暮宿醴泉郡

정월 29일(계사)

맑음. 의흥(義興)을 출발하여 신녕현(新寧縣) 객관(客館)에 당도했는데 유구헌(流構軒) 가까이에 있었다. 유구헌은 기이한 바위를 마주하였는데 바위 위에는 오죽(烏竹)이 무성하였다. 대나무 아래에는 넓은 바위가 있었는데, 10여명 정도가 앉을 수 있었고 매우 정갈하였다.

송명숙(宋明叔)과 함께 정사를 따라 나무를 부여잡고 벼랑을 타고 올라가 앉아 정담을 나누었다. 잠시 후 정사가 홀연 아름다운 풍광에 대한 감흥을 말하며 한편으로 행역(行役)의 고단함을 깊이 탄식하였다.

2월 초1일. 갑오(甲午).

맑음. 신녕(新寧)을 출발하여 영천군(永川郡)에 도착하였다. 정사·종사관과 부사가 만났다.

관찰사[道伯] 유상공(柳相公)이 정사의 객관에 당도하였다. 종행(從行)으로 하여금 각 고을의 기악(妓樂)을 명원루(明遠樓)에 모이게 하여 성대한 잔치를 베풀었다. 밤이 깊은 뒤에 잔치가 끝났다.

丁未 正月 二十九日。癸巳。晴。

自義興抵新寧縣客館，則臨流構軒。軒對奇巖，巖上有數叢烏竹。竹下有盤石，可坐十餘人，極其瀟灑。與宋明叔從正使，攀樹緣崖，以上班荊而坐。小頃正使忽起泉石之思，深歎行役之苦。是日聞副使已向永川。

二月 初一日。甲午。晴。

自新寧到永川郡。正使從使與副使相會。道伯柳相公來到正使館，于明遠樓，令從行候會各官妓樂，爲設大宴，入夜而罷。

話不堪驚罷曉鐘時余出城之日來餞江頭故詩中并及之

二十七日辛卯滯雨留義城正使與從使畫枕上房

或圍碁消日

二十八日壬辰晴自義城早朝啓行直抵義興縣正

使戲贈從使有絕句詩意專指花山別娥余次其韻

戀主慈膽日九回異鄉懷抱苦難開客慇何物能消

恨賴有花山一樹栽

二十九日癸巳晴自義興抵新寧縣客舘則臨流構

軒軒對奇巖巖上有數叢島竹竹下有盤石可坐十

餘人極其蕭灑與宋明叔從正使攀樹緣崖以上班

荊而坐小頃正使忽起泉石之思溘歡行役之苦是

日聞副使已向永川

二月初一日甲午晴自新寧到永川郡正使從便與

副使相會道伯柳相公來到正使館于明遠樓令從

行候會各官妓樂焉設大宴八夜而罷

初二日乙未晴

初三日丙申錢馳到慶州府商尹與鄰邑倅設宴迎

接人物風流儘嶺南第一雄郡也翌日從三使登鳳

凰臺從行俱往琴歌鼓笛亦隨余於醉中遂和鄭景

恬詩·

1617년

(제2차 사행)

동사상일록(東槎上日錄)

정사 오윤겸

오윤겸(吳允謙, 1559~1636)의 본관은 해주(海州), 자는 여익(汝益), 호는 추탄(楸灘)·토당(土塘)이다. 1582년 사마시에 합격한 뒤 1589년 전강에서 장원급제해 영릉 참봉·봉선전 참봉(奉先殿參奉)을 지냈다. 시직(侍直)을 거쳐 평강현감으로 5년간 봉직하면서 1597년 별시 문과에 병과로 급제하였고, 뒤에 판중추부사·좌의정 등을 역임하였다.

1592년 임진왜란이 일어나자 양호체찰사(兩湖體察使) 정철(鄭澈)의 종사관으로 발탁되었다. 1609년 7월부터 1610년 9월까지 두모포 왜관 시기에 동래 부사를 역임하였다. 『동래부지(東萊府誌)』에 따르면 부모가 늙었다는 이유로 사직하였으나, 같은 해 경상도 안무사에 임명되었다.

1617년 첨지중추부사가 되어 회답겸쇄환사(回答兼刷還使)의 정사(正使)로서 부사 박재(朴榟)·종사관 이경직(李景稷)과 함께 사행원 400여 명을 이끌고 일본에 가서 도쿠가와 이에야스(德川家康)의 오사카 평정을 축하하고 임진왜란과 정유재란 때 잡혀간 피로인(被虜人) 수백 명을 이끌고 돌아왔다. 사행 도중의 경험과 견문을 기록한 『동사상일록(東槎上日錄)』을 남겼다.

『동사상일록』은 일기와 시로 구성되어 있으며『해행총재(海行摠載)』
에 실려 있다. 7월 초에 출발한 후 쓰시마, 오사카, 후시미(伏見)를 경유
하여 10월 하순에 환국하기까지 4개월간의 경과와 견문, 그 지방의 형
세와 풍속을 일과별로 자세히 기록했다.

정사로서 중요시되는 문제, 즉 양국 사이의 예의, 피로인 쇄환 등을
위주로 기록하였다. 당시의 쇄환인은 230여명으로 사신들이 직접 명단을
들고 나서 찾기도 하고, 못 보내겠다는 주인과 논쟁을 벌이기도 하였다는
내용이 기록되어 있다. 아울러 현지에서 지은 술회시와 증답시 23수가
수록되어 있다.

○ 신녕 죽각에서 부사의 운에 차운하다 부사는 전 전한(典翰)박재(朴榟)
　이다.

옛사람이 죽각이라 이름 지은 것	古人名竹閣
오늘 보니 헛말이 아니구려	今日見非虛
고운 잎은 파랗게 어우러지고	嫩葉翠交後
갓 돋은 새 줄기는 옥이 빼어난 듯	新竿玉秀初
하룻밤 속된 생각 맑게 해 주니	能淸一夜意
10년 글 읽음보다 오히려 나아라	較勝十年書
여월망정 차군(此君) 없이 어찌하리	可瘦寧無此
집을 옮겨 여기서 살고 싶구나	移家便欲居

新寧竹閣次副使韻[副使前典翰朴滓也]

　古人名竹閣, 今日見非虛。嫩葉翠交後, 新竿玉秀初。能淸一夜
意, 較勝十年書。可瘦寧無此, 移家便欲居。

新寧竹閣次副使韻 <small>副使前典翰 林渾也</small>

古人名竹閣 今日見非虛 嬾業罷交遊 新笒玉秀初

能清一夜意 較勝十年書 何瘦寧無洲 移家便歡居

慶州途中次副使韻

斷麓鸛何在 荒林鶯自飛 空餘史信墓 裏草帶殘暉

羅代千年事 人民城郭非 邊風已者漢 陳跡亦熹微

凝事有慶州 妓杜鵑者故人也 渠數適束淀事

不許到蔚山燭下戲贈 <small>從事官前兵曹 正郎李景馥也</small>

梁月保己自不眠 客窓寥寂斷登然 將鼻許圍無歸

意宿處何妨有杜鵑

동사일기(東槎日記)

부사 박재

박재(朴梓, 1564~1622)의 본관은 고령(高靈), 자는 자정(子貞). 박대용(朴大容)의 아들이며, 판서 박건(朴楗)의 아우이다.

1602년 별시문과에 을과로 급제하였으며, 1606년 감찰, 이듬해 공조 좌랑이 되었다. 1609년 사간원정언(司諫院正言)이 되었고, 이어서 성균관 직강(成均館直講)을 거쳐, 1612년 사헌부 지평(司憲府持平), 이듬해 세자시강원 사서(世子侍講院司書)에 이어 사헌부 장령(司憲府掌令)이 되었다. 1614년에는 사헌부집의(司憲府執義)가 되어 세자시강원필선(世子侍講院弼善)을 겸하였다.

1615년 홍문관 부응교(弘文館副應敎)에 이어 사간이 되었으며, 김제남(金悌男)의 옥사(獄事)를 다스린 공으로 궁자(弓子) 1정(丁)을 하사받았다.

1617년 정사 오윤겸(吳允謙)·종사관 이경직(李景稷)과 함께 회답겸쇄환사(回答兼刷還使)의 부사(副使)가 되어 사행원 400여 명을 이끌고 일본에 가서 도쿠가와 이에야스(德川家康)의 오사카 평정을 축하하고 임진왜란과 정유재란 때 잡혀간 피로인(被虜人) 수백 명을 이끌고 돌아왔다. 사행 중 학질(瘧疾)에 걸려 고생하기도 하였다.

박재의 『동사일기』는 사행일기와 문견록(聞見錄)으로 구성되어 있다.

사행일기는 사신 일행이 대궐에 나아가 하직한 5월 28일부터 시작하여 복명하고 충주에 돌아온 11월 16일까지 6개월간의 사실들을 기록하고 있다. 다른 사행일기들에 비해 간략한 편이며 시문 위주로 되어 있는데 사행 중 차운한 시문 총 100여 수를 일기 부분에 기술하였다는 것이 특징이다.

문견록은 17항목으로 구분된다. 이 가운데 앞의 13항목은 각각 '국도 산천(國都山川)·시정(市井)·성지(城池)·궁실(宮室)·풍속(風俗)·관복(冠服)·음식(飮食)·찬물(饌物)·부역(賦役)·형벌(刑罰)·상장(喪葬)·혼인(婚姻)·절일(節日)'이라는 제목이 붙어 있고, 뒤의 4항목은 제목 없이 행을 바꾸어 '지방(地方), 관제(官制), 과일, 천황(天皇)'을 언급하고 있다.

15일(무신)

맑음. 진시(辰時)에 출발하였다. 오시(午時)가 끝날 무렵에 신녕(新寧)에 들어갔다. 의흥에서 여기까지 43리이다.

상사는 서헌(西軒)[1]으로 들어가고 나는 동헌(東軒)에 자리 잡았는데, 서헌에 천석죽림(泉石竹林)의 경치가 있기 때문이었다.

상사의 지대는 본현 현감 권위(權暐)가 맡았고, 부사의 지대는 신안 현감(新安縣監) 김중청(金中淸)이 맡았다.

비가 오기 때문에 부사 일행의 하인이 대문 안에 가교(駕轎)를 들여 놓았는데, 감영의 아전들이 대문에서 비를 피하고자 하여 역졸(驛卒)을 위협해 가교를 내놓도록 하였으나 역졸이 응하지 않았다. 감영의 아전들

---

1) 관아와 떨어져 있는 환벽정을 가리킨다.

이 상사에게 들어가 하소연하니 상사가 가교를 옮기라고 명하였다.

아전들이 "역졸이 양마(養馬 : 말을 관리하는 하급관리)에게 나무를 징수했다"고 무고하기에, 종사관(從事官)에게 들어가 아뢰었다. 그러자 종사관이 간교한 아전들을 엄히 형추(刑推)하였다.

저물녘에 신안(新安)과 신녕(新寧)의 두 수령이 삼사(三使)에게 술을 올리려고 하였는데, 간절히 청하기에 함께 참석하였다.

16일(기유)

아침에 흐림. 종사가 먼저 출발하였고, 상사와 부사가 이어서 길을 나섰다. 진시(辰時) 말엽에 비가 흩뿌리다가 다시 개었다. 오시(午時)가 끝날 무렵 영천(永川)에 도착했는데, 신흥과의 거리는 50리이다.

상사는 객사로 들어갔고, 부사는 서쪽 별관으로 들어갔다. 상사의 지대는 본군(本郡) 수령 남발(南撥)이 맡고, 부사의 지대는 영덕 현감 이정(李挺)이 맡았는데, 대접이 매우 훌륭했다.

상사의 인마차사원(人馬差使員) 장수 찰방, 부사 일행의 인마차사원(人馬差使員) 송라 찰방 김덕일(金德一), 도차사원(都差使員) 자여 찰방 송영업(宋榮業)이 모두 와서 안부를 여쭈었다.

이날 밤에 비가 내렸다. 송라 병방(松羅兵房)에서 군관(軍官) 신경기(申景沂)에게 비단 1필을 뇌물로 주어 역마(驛馬)를 꾀하고자 하였다. 이에 신경기가 종사에게 고하여 그 사람을 형추(刑推)하였다.

17일(경술)

맑음. 판서 선조께 제사를 올리는 일로 동틀 무렵 말을 타고 상사보다 먼저 출발했다. 앞 내를 건너고 시골길을 따라 유령(柳嶺)을 넘어 원곡

(原谷)에 도착했다. 의흥현에서 여기까지는 25, 6리이다.

산세가 웅장한 건좌손향(乾坐巽向 : 서북 방향에서 동남 방향을 바라보는 좌향)의 땅에 비석이 그대로 남아 있었다. 유학(幼學) 정완윤(鄭完胤)과 첨지 정희윤(鄭希胤), 희윤의 아들 현도(顯道), 헌도(憲道), 미도(味道) 등이 와서 제사에 참석했다. 송라찰방과 영덕현감이 모두 그들을 따라 왔는데, 제물은 영덕에서 준비한 것이었다.

동쪽으로 6, 7리를 가서 아화역(阿火驛)에서 점심을 먹었다. 상사와 종사관은 먼저 떠나고 없었다. 상사의 지대는 청도 군수(淸道郡守) 임효달(任孝達)이 맡았고, 부사 일행의 지대는 하양 현감(河陽縣監) 채형(蔡亨)이 맡았다.

전 도사 정담(鄭湛)이 와서 만났는데, 투장(偸葬)한 원곡묘가 근처였기 때문이다. 배행 차사원 신녕 현감 권위(權暐)가 인사하고 돌아갔다.

미시에 경주(慶州)에 도착했다. 아화역에서 여기까지 50리이다. 상사의 지대는 본부(本府)의 부사(府使)가 맡았다. 대원군(帶原君) 윤효전(尹孝全)과 판관 허경(許鏡)이 이때 아직 임소에 도착하지 않았다. 부사의 지대를 맡은 경산 현감(慶山縣監) 이변(李忭)과 종사의 지대를 맡은 흥해 군수(興海郡守) 정호관(丁好寬)이 모두 와서 안부를 물었다.

十五日[戊申]

晴。辰時發行。午末入新寧。自義興至此四十三里。上使入西軒，我處東軒，蓋西軒有泉石竹林之勝故也。上使支待本縣縣監權暐，副使支待新安縣監金中淸也。副行下人以雨，入置駕轎於大門內，營吏等欲避雨於大門，脅驛卒，使之出轎，驛卒不應。營吏等入訴於上使，上使令移轎而已。營吏等誣以驛卒徵木於養馬頭，入白於從事。從事從重刑推營吏之奸。時昏新安、新寧兩倅欲奉盃於三使，懇請同參。

十六日[己酉]

朝陰。從事先行，兩使相繼登程。辰末雨洒旋晴。午時末至永川，相距五十里也。上使入於客舍，副使入於西別館。上使支待本郡倅南撥，副行支待盈德縣監李挺也，支供甚勤。上使人馬差使員長水察訪、副行人馬差使員松羅察訪金德一、都差使員自如察訪宋榮業，皆來候。是夜雨下。松羅兵房賂紬一疋於軍官申景沂，欲圖驛馬。景沂以此告於從事，刑推其人。

十七日[庚戌]

晴。以祭於判書先祖事，平明以馬裝，先上使而發。越前川，由村路，度柳嶺，至原谷。自縣距此二十五六里。山勢雄偉，乾坐巽向之地，碑石猶存。幼學鄭完胤、僉知鄭希胤、希胤之子顯道・憲道・味道等來參祭。松羅察訪、盈德縣監皆陪來，祭物則盈德之所備也。東行六七里，畫點于阿火驛。上使、從事已先行矣。上使支待淸道郡守任孝達，副行支待河陽縣監蔡亨也。前都事鄭湛來見，蓋偸葬原谷墓近處者也。陪行差使員新寧縣監權暐下直還歸。未時到慶州。自阿火至此五十里也。上使支待本府府使。帶原君尹孝全、判官許鏡，時未到任矣。副使支待慶山縣監李忭、從事支待興海郡守丁好寬皆來候。

軍威縣監黃得中善山朴孫慶廈廑恕苐及朴儵來見
十五日晴辰時發行午末入新寧自義興至此四十三里上
使入西軒我廈東軒蓋西軒有泉石竹林之勝故也上使支待
本縣縣監權暐副使支待新安縣監金中清也副行下人以雨
入置駕轎於大門內營吏等欲避雨於大門脅驛卒使之出轎
驛卒不應營吏等入訴於上使上使令移轎而已營吏等誣以
驛卒徵木於養馬頭人中於從事從事重刑推營吏之奸時
昏新安寧兩倅欲奉盃於三使恩請同叅
十六日配朝陰從事先行兩使相繼登程辰末雨洒旋晴午時
末至永川相距五十里也上使入於客舍副使入於西別館上
使支待本郡倅南撥副行支待盈德縣監李挺也支供甚勤上

使人馬差使員長水察訪副行人馬差使員松羅察訪金億一
都差使員自如察訪宋榮業皆來候是夜雨下松羅兵房略紉
一定於軍官申景沂欲尙驛馬晨沂以峽告於湌事刑推其人
十七日庚晴以祭於判書　先祖事平明以馬裝先上使兩發
越前川由村路度柳嶺至原谷自縣距此二十五六里山勢雄
佛乭哩其向之地碑石猶存幼學鄭宏亂僉知鄭希瀷、之
子顯道憲道等來祭松羅察訪及德縣監陸來祭物
則盤纏之所備也東行六七里盡黙于阿火驛上使湌事己先
行矣上使支待清道郡守任壽達副行支待河陽縣監蔡亨也
前都事鄭湛未見蓋偸契原谷墓近處者也陪行差使員新寧
縣監權曄下直還歸未時到慶州自阿火至此五十里上上使

支待本府乙使帶原昌尹孝全別宦諸鑛時本郡使弓使連

待慶山縣監李忻後事支待興海郡守丁好寬皆来候

十八日辜晴軍官輩従視伯栗寺々社府北五里別興形親但

寺後一株松既所而復生新枝可坐午後宴餉東壁呷如蕉肉

井及興海乙西壁虚着不及於安東而妓樂則過之舞牙白黃

淸郎又運甚一尾彩齕於歷中使小妓若搖櫓形觧效撈唱以

若邊轅曲其聲悽乙酌後府尹靖平坐行杯軍官驛官亦随筵

傳飮即令二人對舞安後連轎登鳳凰譽日己昏矣三行着紅

粉萬炬煒煌高欲過雲長眉寒亮華至二更令諸妓歓舞而慘

乃口占一律曰蘆謌興止一夢中岩未矣言立屏風曬星蕃苔

承烟碧半月城空僑照映紅喬木華多遺廢地乱蓮與野暈雨

1624년

(제3차 사행)

동사록(東槎錄)

부사 강홍중

강홍중(姜弘重, 1577~1642)의 본관은 진주(晉州), 자는 임보(任甫), 호는 도촌(道村)·용계(龍溪)이다. 강온(姜溫)의 증손, 강사필(姜士弼)의 손자, 좌승지(左承旨) 강정(姜綖)의 아들로 장현광(張顯光)의 문인(門人)이다.

1603년 생원진사시를 거쳐, 1606년 식년문과에 병과로 급제하여 승문원(承文院)에 등용되었다. 1617년 세자시강원(世子侍講院) 필선(弼善)에 임명되었고, 성균관(成均館) 전적(典籍)·강원 감사(江原監司) 등을 거쳐서 통례원(通禮院) 상례(相禮)·상의원(尚衣院) 정(正)으로 전직하였다.

1624년 도쿠가와 이에미쓰(德川家光)의 습직(襲職)을 축하하고 임진왜란과 정유재란 때 잡혀간 피로인(被虜人)을 데려오기 위해 회답겸쇄환사(回答兼刷還使)로 일본을 방문하였을 때, 통신부사(通信副使)로서 정사 정립(鄭岦)·종사관 신계영(辛啓榮) 등과 함께 일본에 다녀왔다. 이때 일본 쇼군(將軍)이 금은과 잡화 등을 폐백으로 주었으나 사양하였고, 피로인 백여 명 이상을 데리고 돌아왔다. 사행 당시 승문원(承文院) 판교(判校)였는데, 사행 뒤 군자감(軍資監) 정(正)으로 승진하였다.

일본의 화포술(火砲術)을 도입하여 군에 실제로 사용하도록 하였고,

사행록으로『동사록(東槎錄)』을 남겼다.

1633년 후금(後金)의 침입에 대비하여 영병(營兵)에 일본 조총(鳥銃)을 공급하고, 화약을 지급할 것을 주청하였으며, 또 포수(砲手)의 훈련을 철저히 할 것을 주장하여 국방에 큰 공을 세웠다.

『동사록』은 일기체 형식으로『해행총재(海行摠載)』에 실려 있다. 「천계 갑자일본회답사행중좌목(天啓甲子日本回答使行中座目)」과 1624년 8월 20일부터 이듬해 3월 26일까지 일본에 다녀오는 동안 견문한 일기, 1625년 5월 일본 관백이 보내온 예물을 사신들에게 나누어 주는 것을 사양하는 상소, 별장(別章), 「통신사를 보내며 준 글[與送通信使書]」 등이 기록되어 있다.

그 당시 일본의 풍토, 민속과 명승고적, 정치, 직제(職制), 성첩, 요새 등에 관한 내용이 자세하며, 이 사행에서 일본의 지도를 작성하여 바친 점이 주목할 만하다.

9월 7일(무오)

맑음. 조반 후에 상사와 더불어 떠났다. 종사관은 종[奴]의 병으로 인하여 혼자 머물러 있었다. 저녁에 신녕(新寧)에 당도하니 성주(星州) 목사(牧使) 강복성(康復誠)은 병으로 오지 못하고, 다만 감관(監官)을 시켜 나와 기다리게 하였다.

상사와 더불어 서헌(西軒)에 오르니, 작은 시냇물이 앞을 두르고 처마는 날아갈 듯한데, 만 포기 무성한 대[脩篁]는 숲을 이루어 소쇄(瀟灑)한 운치가 자못 감상할 만하였다. 주인 현감 이유겸(李有謙)을 불러 술잔을 들며 담화를 나눴다.

8일(기미)

맑음. 조반 후 출발하여 포시(晡時)에 영천(永川)에 당도하니, 군수 이돈(李墩)은 병으로 휴가 중이라 나오지 않고, 대구(大邱) 부사(府使) 한명욱(韓明勗)이 지대차 왔다. 조전(曹輈)이 보러 왔다.

9일(경신)

아침에 흐림. 한욱재(韓勗哉)가 술자리를 베풀어 상사·종사관과 더불어 모두 모였다. 신녕(新寧) 현감이 영천 겸관(永川兼官)으로 또한 참석하였는데, 여러 기녀(妓女)들이 앞에 나열하고 풍악을 울리며 잔을 돌려 권하므로, 마음껏 마시어 만취가 되었다.

아불(阿佛)에서 점심 먹었는데, 청도(淸道) 군수 최시량(崔始量)과 하양(河陽) 현감 이의잠(李宜潛)이 지대차 나왔다. 조전(曹輈)·조인(曹軔)·정담(鄭湛)·박돈(朴墩)이 술을 가지고 찾아왔는데, 정(鄭)·박(朴) 두 사람은 모두 지산서원(芝山書院)의 선비로서 지산(芝山 조호익(曹好益))에게 수업(受業)한 자였다.

저녁에 경주(慶州)에 다다르니, 부윤(府尹) 이정신(李廷臣) 영공이 보러 왔다. 청하(淸河) 현감 유사경(柳思璟)·영덕(盈德) 현령 한여흡(韓汝瀹)·경산(慶山) 현령 민여흠(閔汝欽)·흥해(興海) 군수 홍우보(洪雨寶) 등이 혹은 지대차, 혹은 연수(宴需)의 보조차 왔다.

장수(長水) 찰방(察訪) 이대규(李大圭)·자여(自如) 찰방 이정남(李挺南)은 영천(永川)에서 배행(陪行)하고, 안기(安奇)·김천(金泉)·창락(昌樂) 등 찰방은 물러갔다. 일행의 인마(人馬)는 이곳에서 모두 교체하였다.

저녁에 판관(判官) 안신(安伸)이 보러 왔다.

七日戊午

晴。食後與上使發行, 從事以奴病獨留。夕投新寧, 星州牧使康復誠, 病不來, 只令監官出待, 會上使於西軒, 軒臨小澗, 翼如翬飛, 萬竿脩篁, 簇立成行, 景致瀟灑, 頗可賞玩。招見主倅李有謙, 開酌敍話。

八日己未

晴。食後發行, 晡抵永川。郡守李墩, 呈病狀不出, 大丘府使韓明勖, 以支待來。曹輪來見。

九日庚申

朝陰。韓勖哉設酌, 與上使從事皆會。新寧倅以永川兼官, 亦來參座, 各行杯以勸, 衆妓羅前, 絲管并奏, 縱飮至醉。中火於阿佛。清道郡守崔始量、河陽縣監李宜潛, 以支待來。曹輪、曹軯、鄭湛、朴墩, 持酒來見。鄭朴兩人, 皆芝山書院之儒, 而受業於芝山者也。夕抵慶州, 府尹李廷臣令公來見。清河縣監柳思璟、盈德縣令韓汝瀗、慶山縣令閔汝欽、興海郡守洪雨寶, 或以支待, 或以助宴來。長水察訪李大圭、自如察訪李挺南, 自永川陪行。安奇、金泉、昌樂辭去, 一行人馬皆交替。夕安判官伸來見。

麻使李有慶以支待來

六日丁巳晴主倅李景閔及青松倅來見食後發行

與上使從事歷入李寬甫令公家而壯亦在座設

小酌酒美有佳情甚慇懃送相勸酬不覺至醉中

火於青路驛仁同府使禹尚中以支待來抵義興

夜已深矣聖感縣監趙慶起以支待來主倅安大

杞來見

七日戊午晴食後與上使發行從事以奴病獨留夕

投新寧星州牧使康復誠病不來只令監官出待

會上使於西軒軒臨小澗翼如翬飛萬笋修篁簇

立成行景致蕭灑顏可賞玩招見主倅李有謙開

酬敍話

八日己未晴食後發行晡抵永川郡守李墩呈病狀

不出大丘府使韓明勗以支待來曹輪來見

九日庚申朝陰韓勗我設酬與上使從事皆會新寧

倅以永川魚官亦來參坐各行盃以勸衆妓羅前

絲管并奏讌飲至辭中火於阿佛清道郡守崔始

量河陽縣監李宜瀋以支待來曹輪曹朝鄭湛朴

墩持酒來見鄭朴兩人皆芝山書院之儒而受業

於芝山者也夕抵慶州府尹李廷臣令公來見清

河縣監柳思環盈德縣令韓汝濯慶山縣令閔汝

欽興海郡守洪雨寶或以支待或以助宴来長水

察訪李大圭自如察訪李挺南自永川陪行安奇

金泉昌樂解去一行人馬皆交替夕安判官伸来

見

十日辛酉夕雨留慶州食後與上使從事出遊鳳凰

臺、在城外五里之内即造山而爲臺者也鍾不

甚高而平臨大野眼界闊逺如月城瞻星臺金鰲

臺金庾信基皆在四望眺覽之中感古興懷亦足

以暢敍幽情鳳徳鍾在臺下即新羅舊都之物亦

3월 10일(무오)

아침에 흐림. 아침에 상사를 능파당(凌波堂)으로 찾아가 보았다. 경주 판관이 술자리를 베풀어 잠시 담화하였다.

조반 후에 떠나 유천(由川)에서 점심을 먹었는데, 영산(靈山) 현감 □□, 현풍(玄風) 현감 이□(李□)가 지대차 나왔다.

저녁에 청도군(淸道郡)에 당도하여 향청(鄕廳)에 사처를 정하니, 새로 임명된 군수 송석조(宋碩祚) 영공은 아직 부임하지 않았고, 영천(永川) 군수 박안효(朴安孝)가 지대차 나왔다.

11일(기미)

맑음. 영천 군수가 술을 가지고 와서 보고, 종사관도 또한 찾아왔다. 조반 후에 출발하여 봉음치(奉音峙)를 지나니, 아들 전(琠)이 서울에서 내려왔다. 비로소 집안 소식을 듣게 되니, 기쁜 마음 이루 형언할 수 없었다.

오동원(梧桐院)에서 점심을 먹었는데, 창녕(昌寧) 현감 조직(趙溭)과 신녕(新寧) 현감 이유겸(李有謙)이 지대차 나왔다.

저녁에 대구부(大邱府)에 당도하니 부사는 서울에 올라가 돌아오지 않았고, 의흥(義興) 현감 안대기(安大杞)씨가 지대차 나왔다.

상사·종사관과 함께 감사의 영헌(營軒)에 모이니, 자시(子時 이민구(李敏求)의 자) 영공(令公)이 술자리를 베풀어 위로하여 주었다. 밤에 영헌(營軒)의 방에서 유숙하였다.

十日戊午

朝陰。朝見上使於凌波堂, 慶判設酌暫話。食後發行, 中火由川。靈山縣監【缺】、玄風縣監李【缺】, 以支待來。夕抵淸道郡, 館於鄕廳。新郡守宋碩祚令公, 時未赴任, 永川郡守朴安孝, 以支待來。

十一日己未

晴。永川持酒來見, 從事亦來。食後發行過奉音峙, 琠兒自京下來, 始聞一家消息, 喜慰不可言。中火梧桐院。昌寧縣監趙溭、新寧縣監李有謙, 以支待來。夕抵大丘府, 府使上京未還, 義興縣監安大杞氏, 以支待來。與上使、從事, 會監司營軒。子時令公設席迎慰, 夜宿營軒房。

河縣監柳思環盈德縣令韓汝渝慶山縣令閔汝

欽興海郡守洪雨寶或以支待或以助宴来長水

察訪李大圭自如察訪李挺南自永川陪行安奇

金泉昌樂辭去一行人馬皆交替夕安判官伸来

見

十日辛酉夕雨留慶州食後與上使從事出遊鳳凰

臺ヽ在城外五里之内卽造山而爲臺者也雖不

甚高而平臨大野眼界闊遠如月城瞻星臺金庾

臺金庾信墓皆在四望眺覽之中感古興懷亦足

以暢敍幽情鳳德鐘在臺下卽新羅舊都之物亦

來

十一日巳未晴永川持酒來見從事亦來食後發行

過奉音峙峴兒自京下來始聞一家消息喜慰不

可言中火梧桐院昌寧縣監趙溪新寧縣監李有

謙以支待來夕抵大丘府府使上京未還義興縣

監安大杞氏以支待來與上使從事會監司營軒

子時令公設席迎慰夜宿營軒房

十二日庚申晴朝與子時令公話早食後發行中火

八莒縣卽星州之屬縣也牧使康復性令公出待

族人李心戀來見歇馬真木亭河陽縣監李宜潛

1636년

(제4차 사행)

사상록(槎上錄) · 해사록(海槎錄)

부사 김세렴

김세렴(金世濂, 1593~1646)의 본관은 선산(善山), 자는 도원(道源), 호는 동명(東溟)이다. 1572년 22세에 생원과 진사시에 합격하였고, 1616년 증광 문과에서 장원 급제하였다. 예조 좌랑·홍문관 수찬(弘文館修撰) 등을 지냈다.

폐모론을 주장하는 자들을 탄핵하다가 유배되었으나, 1623년 인조반정(仁祖反正)으로 다시 기용되어, 헌납(獻納)·교리(校理)·지평(持平) 등을 역임하였다.

1635년 도쿠가와 이에미쓰(德川家光)가 조선과의 성신(誠信) 외교를 위해 쓰시마도주 소 요시나리(宗義成)를 시켜 통신사를 요청하였다. 쓰시마도주 또한 그의 부관(副官) 야나가와 시게오키(柳川調興)와 서로 송사하는 일이 있어 통신사를 청하자, 1636년 10월 통신부사(通信副使)가 되어 정사 임광(任絖)·종사관 황호(黃㦿) 등과 함께 일본에 건너갔다. 당시 사행 중의 기록을 『해사록(海槎錄)』과 『사상록(槎上錄)』으로 남겼다.

『사상록』은 김세렴 자신의 시와 조선 측 사행원 및 일본 측 접반사들이 쓴 시들을 모아 만든 시문집 형식으로 되어 있다. 『해행총재(海行摠

載)』에 실려 있다.

한양을 출발하여 조령·경주·부산 등을 지나면서 읊은 기행시·술회시, 일행과 주고받은 차운시·증여시, 일본의 명승지와 사찰을 돌아보며 지은 시, 일본 측 문사들의 차운시·제화시 등이 수록되어 있다. 시체는 오칠언 절구, 율시, 고시 등으로 다양하다. 말미에 이식(李植), 신익성(申翊聖), 김시국(金蓍國), 권칙(權伏)이 쓴 발문과 작자 미상의 서문(序文)이 부록되어 있다.

『해사록』은 일기체 기행문으로 되어 있다. 『해행총재(海行摠載)』에 실려 있다. 김세렴의 호를 붙여 『동명해사록(東溟海槎錄)』이라고 칭한다. 8월 11일 대궐로 나아가 숙배한 일부터 이듬해 3월 9일 복명하고 집으로 돌아오기까지 연월일의 순서에 따라 하루도 빠짐없이 기록하였다.

거쳐 간 지방에서 보고 들은 지형, 풍속, 왕래한 인물과 대화 내용, 각지의 지응(支應), 상사(上使)의 고시(告示), 주고받은 예물, 쓰시마도주의 요청과 그에 따른 응대, 그 지방의 관련 역사 등이 기재되어 있다.

부산을 떠나 에도에 이르기까지는 매일 기록의 말미에 그날 거쳐간 지명과 이정(里程)을 적어 놓았다.

부록인 「문견잡록(聞見雜錄)」에는 국서 개서와 통신사를 청하게 된 연유, 막부장군 가문의 내력, 일본의 지리·물산·의복·예절·풍속·심성·궁실·관제·전토·군액 등 다양한 사항을 기술하였다.

말미에 사신단 일행의 부서·관직·성명을 기록하였고, 이어 허목(許穆)이 지은 서문과 작자 미상의 서문을 실었다.

○ 영천에서 판상운을 차운하여 현풍의 여러 친구에게 줌

잎 지고 하늘 비어 기러기 날아드니	天空落木雁初廻
누각에 가을 깊어 조망이 열렸구려	華閣高秋眺望開
고개 너머 산천은 바다에서 다 끝나고	嶺外山川臨海盡
성 머리 비바람은 강을 건너 몰아오네	城頭風雨渡江來
백 년 행지에 몸이 천릿길 떠나니	百年行止身千里
슬프고 즐거운 온갖 일을 한 잔 술에 맡기네	萬事悲歡酒一盃
사마는 머무잖고 여러 손님 돌아가니	駟馬不留諸客返
한번 헤어질 적마다 배회하도다	一回言別一低回

永川次板上韻贈玄風諸益

天空落木雁初廻, 華閣高秋眺望開。嶺外山川臨海盡, 城頭風雨渡
江來。百年行止身千里, 萬事悲歡酒一盃。駟馬不留諸客返, 一回言
別一低回。

三百瓶尊對不必登高賦遠遊

永川次板上韻贈玄風諸敀

天空落木鴈初迴華閣凝秋眺望開嶺外山川臨海盡城

頹風兩渡江来百年行止身千里萬事悲歡酒一盂駟馬

不留諸客泛一卽言別一低回

慶州次權學官俠韻

伯氣都消歇繁華異昔年荒城心落日古木冷踈煙玉笛

聲仍絶金尤殷就傳人臣賣死國不獨太師賢

其二

表裡山河是自強千年伯氣已消止赫居故關空流水凔

8월 30일(신축)

맑음. 일찍 출발하여 오전에 영평(永平)에 도착하였다. 군수 한덕급(韓德及)·합천(陜川) 현감 김효건(金孝建)·송라(松羅) 찰방 이중광(李重光)·사근(沙斤) 찰방 정사무(鄭思武)·성현(省峴) 찰방 김감(金鑑)이 맞이하였다.

외사촌 아우 허무(許)가 매원(梅院)에서 이르러 이미 6일을 머물러 있었다. 현풍(玄風)의 선비 박민수(朴敏修)·박동형(朴東衡)·조함세(趙咸世)·곽의창(郭宜昌)·곽혜(郭澂)가 이르고, 생원 이도장(李道章)이 성산(星山)에서 이르러 이야기를 나누었다.

상사와 함께 조양각(朝陽閣)에 올라가서, 함께 가는 마상재(馬上才) 두 사람에게 성 밖 냇가에서 달리게 하니, 섰다가 누웠다가 거꾸로 섰다가 옆으로 붙었다가 하여 날쌔기가 형용할 수 없었다. 구경꾼이 담을 두르듯이 많았다.

종사관이 하양(河陽)에 도착하여 작은 종기를 앓는다기에, 역관 최의길(崔義吉)이 침놓는 법을 알므로 즉시 달려가게 하였다. 밤에 여러 손님들과 함께 잤다.

9월 1일(임인)

비. 영천(永川)의 선비 박돈(朴暾) 등 수십 인이 와서 보고, 이어 조지산(曹芝山 지산은 호. 이름은 호익(好益))의 비문(碑文)을 지어달라고 요청하였다. 내가 사양하다 못하여 사행의 일을 끝내고 초안하겠다고 약속하니, 여러 선비들이 드디어 『포은선생집(圃隱先生集)』을 보내 주었다.

현풍의 여러 손님들이 모두 돌아가고, 외사촌 아우는 같이 갔다. 비를 무릅쓰고 떠나, 아화역(阿火驛)에서 점심을 드는데 청도 군수(淸道郡守) 이갱생(李更生)이 마중 나왔다. 청하 현감(淸河縣監) 송희진(宋希進)은 아직 부임하지 않고 현인(縣人)만 와서 이바지하였다.

오후에 큰비가 왔다. 50리를 가서 저녁에 경주(慶州)에 도착하였는데, 부윤(府尹) 민기(閔機)·흥해 군수(興海郡守) 홍호(洪鎬)가 비 때문에 예를 행하지 못하였다.

내 병이 발작하였다. 종사관은 영천에서 묵는다고 하였다.

2일(계묘)

흐림. 최의길(崔義吉)이 아침에 영천(永川)에서 이르렀다. 종사관이 앓는 종기는 쑥뜸을 떠서 조금 나았으나, 사행(使行)을 위하여 먼저 떠나지 못하므로 달려가서 머무르도록 청하게 하였다 한다.

이날 경주에 머물렀는데, 부윤이 작은 술자리를 베풀었다. 저녁에 상사가 동헌(東軒)에서 부윤을 뵈었다. 종사관이 저물어서야 이르러 이야기를 나누다가 밤이 깊어서 각기 묵는 곳으로 돌아갔다.

종사관이 '의원들이 약을 보내지 않고, 역관이 고목(告目)하지 않은 죄'를 논하려고 백사립(白士立)·한언협(韓彦協)·한상국(韓相國)을 마당에 끌어들여 곤장을 치려다가 그만두었다.

三十日辛丑

晴。早發，午前抵永平。郡守韓德及陝川縣監金孝建、松羅察訪李重光、沙斤察訪鄭思武、省峴察訪金鑑出迎。表弟許自梅院至，留已六日。玄風士人朴敏修、朴東衡、趙咸世、郭宜昌、郭澠皆至。李生員道章，自星山至，敍話。與上使登朝陽閣。令帶行馬上才二人，馳騁于城外川上，或立、或偃、或倒、或偏挂，狡捷不可狀，觀者若堵。從事官行到河陽，患小腫，譯官崔義吉解鍼法，卽令馳往。夜與諸客同宿。

初一日壬寅

雨。永川士子朴㬎等數十人來見，仍求曹芝山碑文，余辭不獲，約以竣事屬草，諸生遂送圃隱先生集以贐，玄風諸客皆還。表弟從，冒雨發行。中火于阿火驛。清道郡守李更生來候。清河縣監宋希進，未赴任，只縣人來供。午後大雨。行五十里，夕抵慶州。府尹閔機、興海郡守洪鎬，以雨不得行禮。余疾作。聞從事官宿永川。

初二日癸卯

陰。崔義吉，朝自永川至。從事官腫患，灼艾小差。爲使行先發不可及，令馳往請留云。是日留慶州，府尹設小酌。夕上使拜府尹于衙軒，從事官日暮至敍話，夜闌各歸所館。從事官，論醫員輩不送藥物，譯官不爲告目，捽入白士立、韓彦協、韓相國于庭，欲杖還止。

上不許至是平成春稱以迎候出來懇祈不已東萊

府使以 聞始得準許譯官輩皆言駄馬近自倭人

大忌云

二十九日庚子晴

理馬等還作家書朝食後發行午抵新寧縣監以差

使員上京軍威縣監以兼官來待高靈縣監李懴亦

承差上京只送縣吏支供西軒有水竹勝壁上題咏

甚多板橋跨澗名之曰選勝橋修竹數百竿蔭其崖

清絶可賞與上使上石崖日睿還

三十日辛丑晴

早發午前抵永川郡守韓㙉及陝川縣監金鐼松羅察

訪李光煒沙斤察訪金鑑出迎袁第許

當自梅隄至留己六日玄風士人朴㬌朴衡東趙峨郭

訒郭㵠皆至李生負賮自星山至叙話與上使登朝

陽閣令帶行馬上才二人馳聘于城外川上或立或

恒或倒或偏挂狹捷不可狀觀者若堵從事官行到

河陽憲小腫驛官崔義吉解鍼法卽令馳徃夜與諸

客同宿

九月初一日壬寅雨

永川士子朴㬌等數十人來見仍扰曺芝山碑文余

辭不覆約以後事屬草諸生遂送圓隱先生集以贐

玄風諸客皆還來第從冒兩發行中火于阿火驛淸

通郡守李輗來候淸河縣監宋踓末赴任只縣人來

伏午後大雨行五十里夕抵慶州府尹閔機與海郡

守洪錥以兩不得行禮余疾作聞從事官宿永川

初二日癸卯陰

崔義吉朝自永川至從事官腫患灼艾小差為使行

先發不可及令馳性請留云是日留慶州府尹敔小

酌夕上使拜府尹于衛軒從事官日暮至叙話夜闌

各歸所館從事官論醫員輩不送樂物譯官不為告

目捽入白士立韓彦愶韓相國于庭欲杖還止

初三日甲辰陰。

發慶州登鳳凰臺臺在紅門外高數十丈言是等土
所成若此者羅列城南殆十數舊都想必在臺南矣

半月城在南金庾信墓在西鮑石亭瞻星臺金藏臺
俱萃蒼可望新羅立國千年統合三韓一時文獻爛

然可觀事佛太勤寺刹遍於閭閻宣不惜哉鶏林金
檣之說雖出國乘野人之言無稽至此但見國中金

姓太半新羅之後金傅雖降而麗王並其外孫完顏
阿骨打卽權幸之後乃能寧剗中國傳世百年豈非

1643년

(제5차 사행)

계미동사일기(癸未東槎日記)

작자 미상

1643년 계미사행 당시 기록된 작자 미상의 사행록이다. 『해행총재(海行摠載)』에 실려 있다.

1643년 정사 윤순지(尹順之), 부사 조경(趙絅), 종사관 신유(申濡)로 구성된 통신사가 2월 20일에 길을 떠나 7월 8일 에도에 도착하여 임무를 마친 다음, 10월 27일 부산에 도착하여 11월 8일 개령역(開寧驛)에서 잤던 것까지의 일들이 일기체 형식으로 기술되어 있다.

일본에 도착한 이후의 기록에서는 그곳의 산천·명승·고적 등을 자세히 그렸고, 일본인들이 조선 사행단을 대하는 예의범절에 대해서도 일일이 주의를 기울였다.

3월 5일(무술)

맑음. 영천(永川)에서 잤다. 상사(上使)가 조양각(朝陽閣)에 올라 군관(軍官)들을 시켜 활을 쏘아 과녁을 맞추게 했다.

6일(기해)

흐리고 비가 조금 내렸다. 모량(毛良)에서 점심 먹고, 경주(慶州)에서 잤다.

初五日戊戌

晴。永川宿所。上使登朝陽閣, 令軍官射帿。

初六日己亥

陰小雨。毛良中火。慶州宿所。

二十四日戊子陰小雨無極驛中火崇善村逢馬匹成

三月大

帳

初五日戊戌晴永川宿所上使登赴陽陵令軍官射

初六日己亥陰小雨毛良中火慶州宿所

初七日庚子晴留慶州

初八日辛丑晴歸途登鳳凰金主倅黃小酌尓路中

火薪山宿所

初十日癸卯小雨晚風午到釜山僉使以下邊將具

조양각 시판

작자 윤순지(尹順之, 1591~1666)의 본관은 해평(海平), 자는 낙천(樂天), 호는 행명(涬溟)이다. 윤두수(尹斗壽)의 손자로, 종조(從祖) 윤근수(尹根壽)에게 학문을 배웠다. 1612년 사마시를 거쳐 1620년 정시문과에 병과로 급제, 예문관검열·언관 등을 역임하였다.

1627년 정묘호란 때 부친이 평안도관찰사로서 적의 침입을 막지 못한 죄로 사사(賜死)되자 10년 동안 은거하였다. 1629년 홍문관 부교리에 다시 등용되고, 1636년 병자호란 때 남한산성이 적에게 포위되었다는 소식을 듣고 성중에 들어가 왕을 호종(扈從)하였다.

1643년 쓰시마도주 소 요시나리(宗義成)가 역관 홍희남(洪喜男)에게 글을 보내, 도쿠가와 이에미쓰(德川家光)의 아들 이에쓰나(家綱)의 탄생과 닛코산(日光山) 사당 창건을 이유로 통신사를 요청하자, 윤순지가 통신정사(通信正使)가 되어 부사 조경(趙絅)·종사관 신유(申濡) 등과 함께 일본에 다녀왔다.

1654년 경기도 관찰사로 재직할 때 소송사건을 빨리 처리하지 않아 민원을 사서 유배되었으나, 곧 풀려났다. 1657년 실록수정청당상(實錄修正廳堂上)이 되어『선조수정실록』의 편찬에 참여하였다. 도승지·한성판윤·대제학을 거쳐, 1663년 공조판서·좌참찬 등을 역임하였다.

시(詩)·사(史)·서(書)·율(律)에 뛰어났고, 저서로는『행명집(涬溟集)』이 있다.

○ 영천 조양각 시판에 차운하다.

들 복숭아 지자마자 제비 처음 돌아오니   野桃纔落鷰初回
강가 누각 아득하게 그 옆으로 열렸어구나   江閣迢迢傍晚開
숲을 옮겨 잠시 꾀꼬리 나오는 것을 보겠고   遷樹乍看黃鳥出
주렴을 걷어 때때로 흰 구름 오길 허락하네   捲簾時許白雲來
모래밭 가의 꽃다운 풀은 시 재료를 제공하고   沙邊芳草供詩料
물밑에 흐르는 오늘이 술잔에 비춰 들어오네   波底流霞入酒盃
이름난 땅에 묵은 빚을 갚고 떠나지 못해   未向名區酬宿債
잠깐 가는 깃발 멈추고 머뭇거리네   暫停征旆爲遲徊

何如天涯多少分離恨拈得新詩泄筆書。

峽裏煙霞望裏新。一城光景屬芳辰山雲障日仍成

雨。谷鳥爭花不避人千里登高携酒處百年多病倦

遊身愁中謾把淋漓筆報答林園爛熳春。

大副使示韻　朝趙公

香案多年揮翰手。驛亭今日倚身爭瞻標格堪專

對自愧踈慵托後塵錐偶處囊寧免笑士逢知已合

求伸清秋完璧歸來路擬詫朝中第一人。

永川朝陽閣次板上韻。

野桃繞落燕初回江閣迢迢倦晚開選樹乍看衆鳥

出。捲簾時許白雲來。沙邊芳草供詩料。波際流霞入

酒盃。未向名區酬宿債。慙停征旆爲遲回。

　　雞林誋記

白頭搦管記南征。到處江山琢句成。萬里長驅當熟

路。一春佳節屬新晴。前朝文物千年地。古井煙花半

月城。駐馬欲尋興廢跡。暮雲踈雨不勝情。

　　龍堂題主家

世間誰得此生涯。較勝山陰道士家。連陌甫田滋曉

雨。趂溪高閣絢晨霞。巖泉近遠庭邊竹。苔徑斜通檻

外花。見説閒居無一事。日教僮僕理桑麻。

1655년

(제6차 사행)

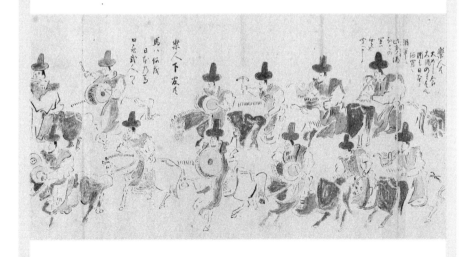

부상일기(扶桑日記)

정사 조형

조형(趙珩, 1606~1679)의 본관은 풍양(豊壤)이고, 자는 군헌(君獻), 호는 취병(翠屏)·창주(滄洲)이다. 병조 정랑·집의(執義)·이조 참의(吏曹參議)·지제교(知製敎) 등을 역임하였다.

1655년 관백 도쿠가와 이에미쓰(德川家光)가 죽고 그 아들 도쿠가와 이에쓰나(德川家綱)가 그 자리에 올라 통신사를 요청하자, 같은 해 6월에 정사(正使)가 되어 부사 유창(俞瑒)·종사관 남용익(南龍翼) 등과 함께 일본에 다녀왔다. 사행기록 『부상일기(扶桑日記)』를 남겼다.

『부상일기』는 1권 1책으로 국내 연구자 임장혁에게 원본이 소장되어 있고, 미국 하버드대학 옌칭도서관에 근대에 들어 일본인이 필사했던 필사본이 소장되어 있다.

사행일기와 시문으로 구성되어 있는데, 사행일기는 1655년 4월 20일 출발부터 이듬해 2월 1일 돌아오는 길에 쓰시마 조주인(長壽院)에 도착하기까지 매일 기술하였으며 사행과정이 비교적 상세하게 서술되어 있다. 시문은 저자가 일본에서 창화하면서 지은 시 6편을 수록한 것이며 문견록은 없다.

1711년 사행의 정사인 조태억(趙泰億)이 일본에 갈 적에 이 책을 가지고 다니면서 보았다고 한다. 그가 우시마도(牛窓)의 배 안에서 쓴 발문이 권말에 붙어 있다.

5월 초5일. 무자(戊子).

맑음. 아침 일찍 의흥을 떠나 신녕(新寧)에서 점심을 먹었다. 대구(大丘) 부사 이정(李淀)이 참에 나왔으며, 주수 김정(金埥)이 와서 뵈었다. 임천(林川)의 노비 이금(里金)도 와서 문후한 지 여러 날 되었다.

저녁에는 영천(永川)에서 숙박하였다. 본도(本道) 감사 남훤(南翻)이 와서 문후하기에 그와 더불어 술자리를 갖고 이야기를 나누다 밤이 깊어서야 마쳤다. 참관인 청도(淸道) 수령 심장세(沈長世), 고령(高靈) 수령 박세기(朴世基), 주수 이구(李昫)가 들어와 뵈었는데 장수(長水) 찰방 황택(黃澤)이 배행(陪行)하였다.

초6일. 기축(己丑).

맑음. 식후에 영천을 떠나 모량(毛良)에서 점심을 먹었다. 경산(慶山) 현감 이휘조(李徽祚)가 참에 나왔다.

저녁에는 경주(慶州)에서 머물러 잤다. 주목(主牧) 정양필(鄭良弼), 흥해(興海) 수령 이여택(李汝澤)이 밤에 와서 뵙고 술자리를 베풀었으나 매우 지치고 피곤해서 굳게 사양하고 자리를 파했다.

初五日 戊子 晴。

早發義興, 新寧中火。大丘府使李淀出站, 主倅金堉入謁。林川奴
里金來候多日矣。夕投永川止宿。本道監司南翥來候, 與之開酌敍話,
夜深乃罷。站官淸道倅沈長世、高靈倅朴世基、主倅李昫入見, 長水
察訪黃澤陪行。

初六日 己丑 晴。

食後發永川, 毛良中火。慶山縣監李徽祚出站。夕投慶州止宿。主
牧鄭良弼、興海倅李汝澤, 乘夜來見開酌, 而困憊特甚, 固辭卽罷。

李子喬亦追至興站官廖海倅醑叙話即發夕投
義城止宿
初三日丙戌兩留
主倅平惟諲站官仁同有使李廷樳閉酌終夕而
罷
初四日丁亥晴
早發義城青路中火盈德縣令朴烣、出站軍威
縣監南得朋來見夕投義興止宿茶谷村使李俊
漢來謁
初五日戊子晴

早發義興新昌縣中火大丘府使李洤出站主倅金
靖入謁林川奴里金來候乡日姜夕投永川止宿
本道監司南翿來候與之間酌叙話夜深乃罷站
官清道倅沈世高韽倅朴世基主倅李昫入見
長水察訪黃澤陪行

初六日己丑晴
食後發永川毛良中火慶山縣監李徽祉出站夕
投慶州止宿主牧鄭良弼興海倅李汝澤粟夜來

初七日庚寅晴
見聞酌酌而因偕八特甚面辭卿罷

부상록(扶桑錄)

남용익

남용익(南龍翼, 1628~1692)의 본관 의령(宜寧), 자는 운경(雲卿), 호는 호곡(壺谷)이다. 1646년에 진사가 되었고, 1648년 정시문과에 병과로 급제한 뒤, 시강원 설서·성균관 전적·홍문관 부수찬 등의 요직을 두루 역임하였다.

1655년 6월 종사관(從事官)이 되어 정사 조형(趙珩)·부사 유창(俞瑒) 등 통신사 일행과 함께 도쿠가와 이에쓰나(德川家綱)의 습직(襲職)을 축하하기 위해 일본을 방문하였다. 사행 중 수많은 일본문사들과 교유하였고, 이때 주고받은 시문과 필담 등이 사행록과 필담창화집으로 남아 있다.

필담창화집 가운데 하나로 『한사증답일록(韓使贈答日錄)』이 있는데, 10월 2일부터 11월 1일까지 에도 혼세이지(本誓寺)에서 묵으면서 일본문사들과 주고받은 시문과 필담 등이 수록되어 있다.

남용익은 일본에서의 견문을 『문견별록(聞見別錄)』과 『부상록(扶桑錄)』으로 남겼다.

1656년 독서당 호당(湖堂)에 들어갔고, 문신중시에 장원하여 당상관으로 진급하였다. 예조 참의·대사성을 거쳐 여러 참판을 지냈으며, 잠시 외직으로 경상 감사로 나갔다가 형조 판서·예문관 제학에 올랐다.

1689년 소의 장씨(昭儀張氏)가 왕자를 낳아 숙종이 그를 원자로 삼으려 하자, 반대하다가 함경도 명천(明川)으로 유배되었다. 문장에 능하고 글씨에도 뛰어났다.

『부상록』은 상·하권 1책으로 구성되어 있으며, 『해행총재(海行摠載)』에 실려 있다. 상권에는 송시열(宋時烈)이 쓴 서문을 비롯하여 사절의 좌차(座次) 및 명단을 적은 좌목(座目)·원역명수(員役名數), 일본에 가지고 간 서계와 예단의 수량을 적은 재거물건(齎去物件) 및 해신에게 제사지낼 때 읽던 제해신축(祭海神祝)과 일본에서 공급받은 식료품의 수량을 적은 하정물목(下程物目) 등이 수록되어 있다.

그 뒤부터는 「부상일록(扶桑日錄)」이라는 제목 하에 날짜 별로 시(詩)와 문(文)이 기록되어 있다. 상권에는 4월 20일 대궐을 하직한 일로부터 9월 11일 오사카의 요도우라(淀浦)에 도착한 일까지 기록되어 있고, 하권에는 9월 12일 교토에 도착한 일로부터 이듬해 2월 12일 복명하기까지의 일이 기록되어 있으며, 그 말미에는 회답서계(回答書契)가 수록되어 있다.

4월 20일[1]

대궐을 하직하는데 임금께서 세 사신을 희정당(熙政堂)에서 인견(引見)하고, 이르기를,

---

[1] 영천에 도착하는 날까지 하루에 다 기록했으므로, 모두 소개하였다.

"이 걸음은 북경에 가는 것과는 달라서 내가 애처롭게 여긴다. 너희들은 모름지기 협력하여 좋게 다녀오기 바란다."

하시고, 이어서 납약(臘藥)·호피(虎皮)·유석(油席)·궁시(弓矢)·후추[胡椒]·부채 등의 물건을 내렸다. 신 등이 감격하여 명심하고 절하며 받아가지고 나오자, 중사(中使)가 빈청(賓廳)에 술을 내와서 마시기를 권하였다. 취하도록 마시어 해가 점심때가 되어서야 성문에 나왔다.

정승 등이 전생서(典牲暑)까지 전송하고 한강 가에서 전송하는 사람은 거의 조정을 비울 정도였다.

저녁에 양재역(良才驛)에서 잤다.

21일에 용인(龍仁) 유곡(柳谷) 숙부(叔父)의 집에서 잤다.

22일에 정사(正使)·부사(副使)와 함께 죽산부(竹山府)에서 잤다.

○ 한강 가 이별하는 자리에서 써서 부사(副使) 추담(秋潭) 노형에게 드리다. 이때에 부모님은 군위(軍威)의 임지에 계셨다.

나라에 바친 몸을 어찌 아끼랴	許國身何愛
멀리 떠나니 어버이 그리는 마음 절로 깊구나	游方戀自深
그대 한강 가에서 눈물 흘렸으니	以君江上淚
나의 떠날 때 마음을 알아 주리라	知我別時心
돌아가는 구름을 하염없이 바라보며	不盡歸雲望
시 읊고 싶은 마음을 참을 수 없구나	難堪寸草吟
임금의 은혜가 하늘처럼 크시니	聖恩天共大
효성을 옮겨 충성 삼아 작은 정성을 힘쓰리라	移孝勗微忱

○ 판교(板橋) 도중(道中)에서 정사(正使) 취병(翠屏, 조형) 어른
  에게 드리고, 겸하여 추담(秋潭, 유창)에게 보이다

성문(城門) 밖에 친 장막에서 가던 말을 멈추니	都門供帳駐征驂
이별가 한 곡조에 사신이 셋이구나	一曲驪駒使者三
동빙고(東氷庫) 한강 나루에 배가 몇 번 지체되었나	氷浦漢津舟幾滯
판교 초가 주막의 길은 전부터 안다네	板橋茅店路曾諳
은혜로운 궁중의 약을 내리시며 병을 걱정하시고	恩頒內劑惟憂疾
궁중 항아리에 술이 무거워 취기를 띠었네	酒重宮壺尙帶酣
서운케도 이제부터 대궐이 멀어지니	怊悵玉樓從此遠
머리 돌려 자꾸만 종남산(終南山)을 바라보네	下堪回首望終南

○ 무극역(無極驛)에서 추담의 시를 차운하다

위태로운 삼도(三島)를 지나 적간관으로 향하리니	三島經危向赤間
이 걸음이 압록강 건너는 것과는 다르겠구나	此行殊異渡龍灣
용상에 친히 임하시어 온화한 말씀 내리시니	親臨玉座溫音降
절하고 대궐문 나오며 감격의 눈물 흘렸네	拜出金門感淚潛
장한 기운이 절로 큰 바다를 가벼이 여기니	壯氣自然輕漲海
작은 정성으로 어찌 태산 같은 은혜에 보답하랴	微誠何以答丘山
힘을 합쳐 임금의 명령 수행함이 우리 일이니	同寅只是吾儕事
임금의 위엄과 덕택을 힘입어 잘 돌아오리라	仗得威靈可好還

5월 17일에 신녕(新寧)에서 잤는데 안찰사(按察使) 남선(南翮)이 와서 전송하였다.

18일에 경주에서 잤다.

○ 영천(永川) 객관(客館)에서 판상(板上)에 걸린 포은(圃隱) 선생의 시를 차운하여 본 고을 군수(郡守)후(昫)에게 주다

높은 다락을 때려 부순 지 몇 해 만인가	高樓槌碎幾年回
눈에 가득하던 가시밭이 이제야 열렸구나	滿目荊榛日夕開
이 땅이 어진 원을 기다려 명승지가 되고	此地終須良宰勝
나이 걸음이 또 낙성 스음에 닿아 왔네	吾行又趂落成來
아득한 바다 섬 뗏목 천릿길	滄茫海島槎千里
질탕한 거문고와 노랫소리에 술이 한 잔	爛熳琴歌酒一盃
아침 햇빛 새 지붕에 비추는 것 사랑스러워	爲愛朝陽射新霤
가는 말이 떠나면서 다시 머뭇거리네	征軺臨發更遲徊

주인이 객관을 중창(重刱)하고 작은 잔치를 차렸으므로 시에 이런 글귀가 있었다.

二十日

辭朝。上引見三臣于熙政堂, 教曰："此行異於燕行, 予用依然。爾等須與協和, 好爲往還。" 仍賜臘藥、虎皮、油席、弓矢、胡椒扇子等物, 臣等感佩拜受而出, 出則中使宣醞于賓廳, 勸飲至醉, 日午出城, 相臣餞于典牲署江上, 將送者幾傾朝。暮宿良才驛。二十一日宿龍仁柳谷叔父家。二十二日與兩使會宿竹山府。

《江上別筵錄呈副使秋潭老兄時兩親在軍威任所未及拜別》

許國身何愛, 游方戀自深。以君江上淚, 知我別時心。不盡歸雲望, 難堪寸草吟。聖恩天共大, 移孝勖微忱。

《板橋途中呈正使翠屛令丈兼示秋潭》

都門供帳駐征驂, 一曲驪駒使者三。氷浦漢津舟幾滯, 板橋茅店路曾諳。恩頒內劑惟憂疾, 酒重宮壺尙帶酣。怊悵玉樓從此遠, 不堪回首望終南。

《無極驛次秋潭韻》

三島經危向赤間, 此行殊異渡龍灣。親臨玉座溫音降, 拜出金門感淚潸。壯氣自然輕漲海, 微誠何以答丘山。同寅只是吾儕事, 仗得威靈可好還。

二十三日自竹山先發疾驅。二十六日到親縣。軍威, 患眼極重, 累日醫治, 五月十五日始得差可, 辭親前進。時兩使先到釜山, 留駐已久。十六日宿薪院, 七谷地。十七日宿新寧, 南按使翻來餞。十八日宿慶州。十九日留。二十日宿龍堂, 密陽地

《永川客館敬次板上圃隱先生韻贈主人使君昀》

高樓槌碎幾年回, 滿目荊榛日夕開。此地終須良宰勝, 吾行又趂落成來。滄茫海島槎千里, 爛熳琴歌酒一盃。爲愛朝陽射新霤, 征軺臨發更遲徊。【主人重刱客館爲設少酌故云。】

別幅　人蔘三斤　白苧布五疋　白綿紬五

疋　黃毛筆二十柄　真墨十笏

扶桑日錄

孝宗朝歲甲午日本關伯源家綱新立請遣通信使

朝廷許之該書謀于廟堂擬入三使臣望十月二十

九日 天黯始下又以副使之改易翌年乙未乃定

○乙未四月二十日辭朝 上引見三臣于熙政

堂 敎曰此行異於燕行子用依然爾等須與懷和

好益進遠仍 賜鞍馬虎皮油席弓矢胡椒扇子等

物臣等感佩拜受而出 則中使宣醞于賓廳初飲

至醉日午出城相臣餞于興仁壯晉江上將送者幾傾

朝暮窗　良寸暉　二十一日富龍仁柳谷竹山府做會

江上別送錄呈副使秋津老兄　任所時兩舡在軍威別後

許國身何愛游方應自渠以君江上淚知我別時

心不盡峰靈壑難堪寸草吟　聖恩天共大移於

晶微帆

板橋途中呈正使翠屏令丈兼示秋津

都門供帳駐征驂一曲驪駒使者三氷浦漢津舟

幾澤板橋芽店路曾諳　思須內劇惟憂疾酒重

官壺倘帶酬怊悵玉樓從此逺不堪回首望於南

1655년 (제6차 사행)　131

无極驛次秋蟾韵

三島經危向赤間山行殊興渡龍灣　親臨玉座

溫音隆拜出金門感淚潜壯氣自然輕瀼海微誠

何以答丘山同寅尺是吾儕事仗得威靈可好還

二十三日自竹山先發疾睡二十六日到親縣嘩恵

眼極重累日醫治五刋十五日始得差可覲親前

進時兩使先到釜山留駐己文十六日富蒜浣此蓄十七日宿新寧南

按使翰来戲十八日宿慶州十九日
留二十日為龍堂臺陽地

永川客館散次板上劃隱先生韵贈主人李使

君昫

十二

高樓提醒幾年已滿目荊榛日夕間此地終須良

寧勝吾行又趁落成來滄洲海島樓千里爛煬琴

歌酒一盃為愛朝陽射新靈征船瞭發更迌個人主

靈瀚客館為
故小酌故云

蔚山途中次兩使寄示义韵

斑衣幾日鯉庭留一疾遠貽父母憂將別且禁無

限波此行猶是有方遊遠途佩訓新傳酒莫辭酤者

雲獨倚樓珍重尺書兼綺語美君秉與到萊州

遞持漢節溫泰京下价多懇廁俊英把袂仍期菜

府館分歧每憶竹州城孤舟六月浮天去大島千

2월 12일[2]

울산에서 잤다.

13일 경주에서 자고 14일 신녕(新寧)에서 잤는데, 가친과 숙부께서 마중을 오셨다. 주수(主守 신녕 원) 김공해(金公垓)가 크게 음식을 차렸다.

15일에 가친을 모시고 군위 관아(官衙)에 이르러 조모의 생신잔치에 참석하고, 18일에 방행하였다. 도중에서 교리(校理)에 새로 임명된 기별을 받았다. 두 사신을 충주로 뒤쫓아 가서 20일에 복명하고 인견(引見)함을 입었다.

十二日

宿蔚山。十三日宿慶州。十四日宿新寧, 家親與叔父來迎。主守金公垓, 大設供具。十五日陪親到軍衙, 留三日, 參祖母壽宴。十八日發行。道承校理新命, 追及兩使於忠州。二十日復命, 引見。

---

2) 올라올 때에도 마찬가지로 2월 12일 날짜에 신녕까지 함께 기록하였다.

東萊客館留別李文武善扇面

萬里同歸日三柸惜別時舟中憶平地平地亦多岐

十二日宿蔚山十三日宿慶州十四日宿新寧家親與叔

父來迎主守金公境大設供具十五日陪親到軍衛留三

日祭祖毋壽宴十八日戴行道永理校　新命逞及兩使

於忠州二十日渡　命引見

일본기행(日本紀行)

자제군관 이동로

이동로(李東老, 1625~?)의 본관은 전주, 자는 공망(公望)이다. 1649년 무과에서 장원급제하였다.

1655년 정사 조형(趙珩)·부사 유창(兪瑒)·종사관 남용익(南龍翼) 등 통신사 일행이 도쿠가와 이에쓰나(德川家綱)의 습직(襲職)을 축하하기 위해 일본을 방문하였을 때, 군관(軍官)으로 일본에 다녀왔다. 『부상록(扶桑錄)』에는 종사관 남용익의 군관으로 되어 있다.

『일본기행(日本紀行)』은 1권 1책 필사본이 일본 덴리대학(天理大學)에 소장되어 있다. 「사행원역(使行員役)」·「사행일기(使行日記)」·「일본기(日本記)」·「노정기(路程記)」 등으로 구성되어 있다.

사행일기는 1655년 4월 20일 출발부터 이듬해 2월 10일 부산에 도착할 때까지 매일 기록되어 있고, 「일본기」는 관백(關白)의 승습(承襲)에 관해 간략히 기술한 것이다. 늘 종사관과 함께 행동하는 것을 보면 이동로가 종사관 남용익의 자제군관임이 분명하다.

17일 경자(庚子)

맑음. 청화탕을 복용하였다. 식후에 일행이 신녕현(新寧縣)에 도착하였는데, 벌써 방백이 아들 진사를 데리고 나와 있었다. 모두 일찍이 종사관과 만나기로 약속했기 때문이었다.

누가 동벽(東壁) 쪽에 앉을 건지 아니면 동헌(東軒) 쪽에 앉을 것인지를 놓고 서로 양보하다가, 억지로 강제한 뒤에야 방백이 동벽 쪽에 앉았다.

동방(東房)에서 잤다. 방백이 술자리를 벌려놓고 술을 권했으나 종사관 앞이라서 굳이 마시지 않았더니, 방백이 혼자 술을 마신 후에 나를 불러 달랬다.

"그대가 이미 내 친구 종사관과 함께 길을 가는 사람이니, 함께 술잔을 나누는 기쁨이 있는 것이 어찌 기쁘고 위로되지 않겠는가?"

라고 하며 술을 보내 준 뒤에 절선(節扇) 두 자루를 주었다. 군관에게 두 자루, 상하 동관(同官)에게도 똑같이 지급하였다.

18일 신축(辛丑)

맑음. 식사를 한 후에 방백이 돌아갔다. 진시(辰時)가 끝나갈 무렵에 출발하였다.

영천에 이르러 유숙하였다. 태수 이적(李昀)이 종사관을 입견하였다. 작은 술자리를 베풀어 주고 또 기악(妓樂)을 올렸다. 나는 술을 사양하고 마시지 않았으나 여러 잔이 오고 간 후에야 끝났다.

나는 조양각(朝陽閣)으로 나가 촌마(村馬) 유학(幼學) 성완(成抏)을 불렀다. 그는 이전에 나와 가깝게 지내던 사이다. 내게 종이 한 속(束)을 부탁하기에 찾아주었더니 아침에 돌아갔다.

19일 임인(壬寅)

아침에는 맑았다가 오후에는 바람이 불었다. 식후에 출발하여 아화역 (阿火驛)에서 잠시 쉬었다가 모량역(毛良驛)에서 점심을 먹었다. 지응관 자인(慈仁) 현감 김명룡(金命龍), 장수(長水) 찰방 황택(黃澤)이 나와서 대접해 주었다.

신시(申時) 끝 무렵에 경주에 도착했다. 목사 정양필(鄭良弼), 판관 이종검(李從儉)이 종사관을 들어가 뵈었다.

十七日［庚子］

晴。服淸火湯。食後, 一行到新寧縣。俄而方伯, 率子進士來到。皆
以曾與從事道約會故也。相讓東西辟東西軒, 强而後方伯坐東辟。宿
東房. 設餞勸酒, 道前則牢辭不飮。方伯獨飮後, 招余慰之曰, 與君已
行同道守令之人, 亦有同杯之喜, 豈不欣慰也哉! 饋酒後, 節扇二把,
及軍官二疋, 上下同官處, 亦爲同給。

十八日［辛丑］

晴。食後, 方伯還營。一行辰時末離發, 到永川止宿。太守李昀入見
從事道, 爲設小酌, 兼呈妓樂, 辭不飮, 數盃而罷。余出調陽閣, 召村馬
幼學成抏, 昔日所親也。委來見我紙一束, 亦爲覓朝還去。

十九日［壬寅］

朝晴。午後風。食後行離發, 暫歇阿火驛, 中火于毛良驛。支應官慈
仁縣監金命龍, 長水察訪黃澤出待。申末到慶州。牧使鄭良弼, 判官
李從儉入見從事道。

十四日丁酉朝晴午後風留

從事脈清火湯又下鍼牟邑將官徐孟為等又為役酌亦他

客舍漸甦飮柔歓而罷病勢則已減十之九分矣

十五日戊戌晴留我之淋疾自今日始重從事遲入衙中脈

清火湯軍官出從武學堂之下有川水川且有大盤石工

可以坐五十餘人李妓登臨彈琴唱歌級遊於岩上忘却日

黑其時勝事難言今日為始淋疾復歓服五淋散三貼得見京

中家書則水原也得平安云時眼言言石為言

使李俊漢出特昏後 威倅追来与送事道同宿翌朝還去

幼學南龍翰目 次不来宿軍威鄉所沈渙将官徐孟為

等来謁從事道及諸禅驛卒鞋於支應官下人告于道前

十六日己亥晴眼清火湯萨敬夕抵召漢驛支應官辈谷府

棍打七度

十七日庚子晴服清火湯

食後一行到新寧縣俄而宰子進去来到盖以曾与後

事道約會故也相讓東西辟東西軒強而後出東府宿東房

設饋勸酒道前則守辭不飲方伯猶飲後招余處之曰某君
已行同道守令之人亦有同杯之喜豈不徯慰也荻饋酒後節
扇二把及軍官二延上下同官處亦為圖紙
十八日辛丑晴食後方伯遷營一行辰時末離發到永川
止宿太守李昀入見從事道為設小酌無呈妓床辭不飲
數盃而罷余出詣陽閣　召有馬劫學成抗首曰所親
也委來見我紙一束亦為覓　朝遷去
十九日壬寅朝晴午後風
食後一行難發暫歇阿火驛中火于毛良驛支應宰廳
仁縣監全命龍長水察言黃澤出待申末到慶山松溪
鄭良弼判官李浚入見　浸子送
二十日癸卯陰午後風脈更劑清火湯眼之
以微雨仍留主牧設饋呈妓樂手從事道判官亦入參良久而
官亦見我輩設饋午後與同僚出見鳳凰臺
二十一日甲辰陰午後風仍那清火湯　能判
食後道應見主牧於東軒...底仇崔辨中火到官...

1682년

(제7차 사행)

동사록(東槎錄)

수역(首譯) 홍우재

홍우재(洪禹載, 1644~?)의 본관은 남양(南陽), 자는 정서(廷瑞). 역관 홍희남(洪喜男)의 손자이다. 1666년 28세 때 식년시 역과에 합격하였고, 왜학(倭學)을 전공하여 사역원 교회(敎誨)와 동지(同知)를 지냈다.

1682년 정사 윤지완(尹趾完)·부사 이언강(李彦綱)·종사관 박경후(朴慶後) 등 통신사 일행이 도쿠가와 쓰나요시(德川綱吉)의 습직(襲職)을 축하하기 위해 일본을 방문하였을 때, 당상역관(堂上譯官)으로서 종사관을 배종하였다. 사행 당시 첨지(僉知)였고, 일본에서 구분한 통신사의 등급 가운데 상상관(上上官)에 속하였다.

같은 해 11월 19일 임금의 명령이 승지를 통하여 비망기(備忘記)로 쓰여 내려오기를, "당상역관 변승업과 홍우재에게는 각각 길든 말[熟馬] 한 필씩 주라"고 하였다. 일기체 형식의 『동사록(東槎錄)』을 남겼다.

『동사록』은 일기체 형식의 사행록인데, 1권으로 구성되어 있다. 『해행총재(海行摠載)』에 실려 있다. 홍우재가 통신사 수행의 임무를 수행하게 된 1682년 5월 4일부터 같은 해 11월 14일 임무를 마치고 무사히 귀경할 때까지의 약 7개월간에 걸쳐 매일 일어난 일을 기록해 놓은 기행문

형식의 일기체다.

내용은 일본에서 견문한 일본의 풍속·인물·풍물 등 당시의 일본 습속 및 정세의 일면을 싣고 있다. 특히 쓰시마도주의 내방에 대한 영접례 절차, 에도(江戸)에서 사신이 관백(關白)의 사절과 회담할 때의 복잡한 예절 절차, 왜관을 중심으로 한 양국 사이의 교역에 대한 논의와 그 결정된 내용 등이 자세히 기록되어 있다.

저자는 사신을 대신해 왜인과 직접 실무 교섭을 하면서 뒤에 올 사행에게 도움이 될 것을 염두에 두고 실무적인 내용을 중심으로 기록하였으며, 술회시(述懷詩)나 영물시(詠物詩) 같은 문학적인 내용은 거의 없다.

5월 19일

신녕(新寧)에서 점심 먹고 이어 유숙했었는데, 개령(開寧)·칠곡에서 지대했다. 칠곡에서 종행인을 제공했다. 개령 현령인 남치훈(南致薰)이 쌀과 콩 각각 5말씩 제공했다.

○ 그들[倭人]이 사행이 빨리 오기를 재촉한다고 동래에서 기별이 급히 왔다.

20일

신녕으로부터 일찍 영천(永川)을 향하여 출발했다. 영천에 이르러 점심 먹고 유숙했는데 고령과 본군에서 지대했다. 본군에서 종행인을 제공했다.

순사(巡使) 관찰사 이수언(李秀彦)이 맞이했는데, 삼사가 관찰사와 더불어 조양각(朝陽閣)에 모여앉아 오순백(吳順白)과 형시정(邢時廷)을 시켜 남천(南川)1) 가에서 마상재(馬上才)를 시험케 했다. 이를 보려는 자들이 모래사장에 분주하게 구경하러 쫓아와 보았다.

순상(巡相)이 함양·산음(山陰)·합천·삼가(三嘉)·안음(安陰)·거창 등의 지방관으로 하여금 사사로이 전별연(餞別宴)을 마련토록 했다. 행중(行中)에 연회상을 차려 보냈다.

파발(擺撥) 편에 집안에 편지를 보냈다.

청도에 귀양 와 있는 친구 방필제 여안(方必濟汝安)의 편지를 받아 보았다.

○ 세 행차[三行]가 말을 바꾸어 탔다. 소촌역(召村驛)에서 파발마를 내고 종행인을 보내었다.

예천 통명 역졸(通明驛卒) 권자중(權自重)·권명축(權明丑)과 옹천역(瓮泉驛)의 김엇봉(金旕奉)·평원역(平原驛)의 김이금(金二金) 등이 나를 배종(陪從)한 지 이레째인데, 그 극진한 정성이 보이므로 특별히 여기에 기록해 놓는다.

21일

(아침에 영천에서 떠나) 모량역(毛良驛)에서 점심 먹었다. 대구·자인(慈仁)·청하(清河)에서 지대했는데, 청하에서 종행인을 보내주었다. 음식이 정결하고 극히 공손을 다하였다.

낮에 경주부에 이르러 유숙했는데, 경산과 본부(本府)에서 지대했다. 본부에서 종행인을 제공했다.

소통사(小通事) 이올미(李乭昧)가 와서 김애천(金愛天)의 부음(訃音)을 전

---

1) 금호강의 남천과 북천이 영천에서 만나는데, 조양각은 남천 언덕 위에 서 있다.

하였다. 듣고 놀라 애석해 마지않았다. 내가 믿을 만한 사람이라고는 오직
이 한 사나이뿐이었으니, 인정상 참혹하여 한 끼를 소식(蔬食)하였다.

○ 부산의 훈도(訓導)가 왜인들이 편지를 보내어 빨리 오기를 재촉한
다고 사람을 보내어 알리므로, "두 사신이 더위 때문에 몹시 고통을 당
하여 빨리 갈 수 없다"는 뜻으로 답장을 써서 보냈다. 판사(判事) 안신휘
(安愼徽)가 뒤따라 왔다. 병이 나서 뒤에 처져 있었던 까닭이다.

계축년(1673, 현종 14)의 접위 때에 배종리(陪從吏)였던 박처립(朴處立)
이 와서 뵈었다.

十九日

　新寧中火, 仍宿。開寧漆谷支待。漆谷供從行, 本倅南致薰帖給米太各五斗。○因彼人促行, 萊報馳到。

二十日

　自新寧, 早向永川, 中火仍宿。高靈本郡支待。本郡供從行, 巡使來迎。【李秀彦】三使並與方伯, 會坐朝陽關, 使吳順伯、邢時廷, 試馬才於南川邊, 大小觀光, 奔走沙汀。巡相使咸陽、山陰、陜川、三嘉、安陰、居昌等官, 私辦餞宴, 行中排床以送, 撥便付家書, 得見清道謫友方必濟汝安書。○三行替騎, 召村入把從行 醴泉通明驛卒權自重·權明丑、瓮泉驛金焱、奉平原驛金二金等, 陪余七日, 見其盡誠, 是可記也。

二十一日

　毛良驛中火, 大丘慈仁清河支待。清河供從行, 饌精致恭。午到慶州宿, 慶山本府支待。本府供從行, 小通事李乭味來現。傳告金愛天之訃, 聞來驚悼。余之信任者, 只此一漢, 情所慘然, 一飯行蔬。○釜山訓導因彼送書促行, 專人走報, 即告使前。以兩使重患暑症, 不得趲程之意, 修答彼處。安判事【愼徽】追到, 有病落後之故。 癸丑接慰時陪吏朴處立來問。

崔壽天来問饋酒數杯是夕共登映湖樓妓樂咸

隨俄而罷還炬光煌之羅列城門樓即丁巳盂佛之重修也

十七日直中火備倉寧海禮安等邑支待安東供

到義城瑜仁同本縣支待從行全縣供庚申接慰

時營吏仁同劉時確來問

十八日青路驛中火盈德知禮軍威等邑支待軍威供從

行午到義興宿青松比安本縣等邑支待比安供從行

饌品極精比事恭謹盈德人便修書于鄭判書前

魚呈筆墨藥物卽鄭橄在關

十九日新寧中火仍宿聞尊茶谷支待茶谷供從行

本倅南敏熏帖給米太各五斗○固彼人促行茱

報馳到

二十日自新寧早向永川中火仍宿烏竹梁本郡支待

本郡供延使來迎李秀彦

從行

三使並與方伯會坐朝

陽關使吳順伯邢時廷武与才於南川遊大小視

光奮走沙汀

巡相使咸陽山陰陝川三嘉安陰居昌等官私辦

餞宴以送

行中排撥便付家書得見清道縞友方必濟

汝安書○三行醫騎把招從行醴泉通明驛平權自

重權明世覔泉驛金㒚奉平原驛金二金等陪余

七日見其盡誠是可記也

二十一日毛良驛中火大丘慈仁清河支待 清河供

餞精致華午到慶州宿慶山本府支待 左府供 從行

小通事李芸味来現傳告金愛天之訃聞来驚悼

余之信任者只此一漢情可憐然一飯行疏○釜

山訓導固彼送高促行專人走報即告使前以兩

使重患暑症不得趲程之意修荅彼慶女判事徽憤

追到波之故荅止接慰時陪吏朴震立来問

二十二日雨留慶州

二十三日仇於驛中火慶州 近日孝陽支待慶州供 從行

동사일록(東槎日錄)

한학역관(漢學譯官) 김지남

김지남(金指南, 1654~?)은 역관(譯官)으로 본관은 우봉(牛峰), 자는 계명 (季明), 호는 광천(廣川)이다. 8차 사행에 『동사록(東槎錄)』을 기록한 역관 김현문(金顯門)의 아버지이자, 『증정교린지(增訂交隣志)』를 편찬한 역관 김건서(金健瑞)의 증조부이다.

1671년 역과에 급제하였고, 사역원 정(正)·지중추부사(知中樞府事) 등 을 지냈다.

1682년에 정사 윤지완(尹趾完)·부사 이언강(李彦綱)·종사관 박경후(朴 慶後) 등 통신사 일행이 도쿠가와 쓰나요시(德川綱吉)의 습직(襲職)을 축 하하기 위해 일본을 방문하였을 때, 한학통사(漢學通事)로서 제일선(第一 船)의 복선(卜船)을 타고 일본에 다녀왔다. 이때 사행록『동사일록(東槎 日錄)』을 남겼다.

1698년 병기창고 도제조 남구만(南九萬)의 지시에 따라 자초법에 의거 하여 화약을 제조하였고, 숙종의 윤허를 얻어 제조법을 수록한『신전자초 방(新傳煮硝方)』을 저술해 군기시에서 간행, 반포하였다. 이 책은 1796년 정조에 의해 금석(金石)과 같은 성헌(成憲)이라고 높이 평가받았다. 공로가 인정되어 숙종이 높은 벼슬을 제수하려고 했으나, 양사(兩司)에서 벼슬의 귀중함을 들어 역관에게 동서반 실직(實職)의 제수는 부당하다고 반대해 외직인 문성 첨사(文城僉使)에 임명되었다.

1714년 문사(文詞)와 중국어에 능해 역관으로 사신을 수행하면서 중국과 일본에서 보고들은 사실들을 참고하여 사대와 교린의 외교에 관한 연혁·역사·행사·제도 등을 체계화한 『통문관지(通文館志)』를 아들 김경문(金慶門)과 함께 편찬하였다.

『동사일록』은 불분권(不分卷) 1책. 필사본으로 『해행총재』에 실려 있다. 1681년 도쿠가와 이에쓰나(德川家綱)가 죽고 도쿠가와 쓰나요시(德川綱吉)가 제5대 쇼군으로 습직(襲職)할 때 새 쇼군에 대한 경조사행(慶弔使行)을 요청해 와, 이듬해 1682년 통신시행을 파견하였다. 이때 김지남은 압물통사(押物通事)로 수행하였고, 사행을 마치고 귀국하여 『동사일록』을 편찬하였다.

『동사일록』은 1682년 5월부터 11월까지 7개월간의 사행 기록이며, 내용은 서(序), 473명의 사행 명단, 가지고 간 물건의 명세, 일기, 일본왕환총목(日本往還總目), 그리고 제주에 표류한 중국 사람에게 실정을 물은 수본(手本) 및 생존자와 이미 사망한 사람의 명단 등으로 구성되어 있다.

도쿠가와 쓰나요시에게 보내는 국서 대군전국서(大君前國書)가 '가지고 간 물건 명세[賫去物件]' 첫머리에 수록되어 있고, 내용 중 일기는 주로 일본의 산천·지리·명승·고적·사찰 등을 서술하였다.

5월 19일(병인)

맑음. 아침밥을 먹고 떠나서 신녕(新寧)에 도착하여 잤다. 이날 40리를 갔다.

20일(정묘)

맑음. 아침밥을 먹은 후에 먼저 떠나서 영천에 도착하여 잤다. 이날
또 역마를 갈아탔다.

본도(本道) 방백(方伯)이 아홉 군(郡)으로 하여금 각각 세 사행(使行)
에게 전별 잔치를 차리도록 하여 아홉 군의 풍물(風物)이 모두 여기에
모였다. 정사의 일행에겐 합천·삼가(三嘉)에서 접대하는 것으로서 음식
이 정결하고 또 풍부하다.

삼사와 방백은 객사 동헌에서 잔치를 열었는데 앉을 자리가 비좁기
때문에 잔치상을 일행의 사처[下處]로 나누어 보내고, 겸해서 위로하는
말을 보냈다. 각 관원과 노자들이 머무는 곳으로도 잔치상을 보내었다.
이것은 만 리 바닷길을 가는 것을 정중히 대접하기 때문이다.

몇 차례 술잔이 돈 뒤에 방백이 마상재를 보기를 청했다. 삼사와 방백
이 모두 각각 교자를 타고 풍악과 가무를 앞세워 조양각(朝陽閣)으로 자
리를 옮겼다.

오순백(吳順白)·형시정(邢時挺)에게 여러 가지로 말 위에서 하는 재
주를 보이게 했더니, 누각 앞 넓은 들판에는 구경꾼이 시장바닥과 같이
많았다. 이것이 바로 객회(客懷)를 풀어 주는 것이다. 이날 40리를 갔다.

21일(무진)

맑음. 아침밥을 먹은 뒤에 (영천에서) 떠나 모량참(毛良站)에서 점심
을 먹고 경주에 도착하여 잤다. 이곳이 바로 신라의 옛 도읍터인데, 사
람들이 번화하고 유풍(遺風)도 많았으며, 성곽은 예와 같고 산천이 수
려하니 참으로 영남의 웅부(雄府)였다. 나그네가 찾을 만한 고적(古蹟)
이었다.

이 고을 원이 따로 전별하는 잔치를 열었는데, 역시 어제와 같았다.
이날 75리를 갔다.

十九日丙寅

晴。仍朝飯離發。新寧止宿。是日行四十里。

二十日丁卯

晴。朝飯後先站。永川止宿。是日又遞驛馬。本道方伯, 使九郡各
辦三行餞宴, 九郡風物都聚於此。正使行中, 則陝川、三嘉之支待也。
饌品精潔, 兼且豐盛。三使及主伯, 開筵於客舍東軒, 而坐地狹窄, 故
各送宴床於一行下處, 兼送懇眷之辭。各員奴子等處, 亦給盤床, 蓋重
待萬里航海之故也。數次行盃之後, 主伯請觀馬上才。三使與主伯,
俱各乘轎, 管絃歌舞, 擁衛前導, 移設朝陽閣, 令吳順白、邢時挺者,
呈其各樣馬上之才, 樓前曠野, 觀者如市, 此乃客懷之寬抑處也。是日
行四十里。

二十一日戊辰

晴。朝飯後離發。毛良站中火。慶州止宿。此乃新羅舊都, 人物繁
盛, 遺風彷彿, 城郭依舊, 山川秀麗, 可謂嶺南之一雄府, 而客子之眞
訪古處也。主倅別設餞宴, 而亦如昨日矣。是日行七十五里。

順自舞劒觀者如堵是日行三十里

十六日癸亥晴朝飯玆雅嚴豊山中火安東止宿是

日三使會同望湖樓管絃雜奏飯戲盡呈日沒援仍

姓映湖樓移時酬宴罷散歸故之時炬燭威儀羅亘

十里之路此乃一大勝觀矣是日行七十里

十七日甲子晴曉頭雅發日直站朝飯義城止宿是

日行七十里

十八日乙丑晴仍朝飯雅發靑路站中火義興止宿

又爲光站行五十里

十九日丙寅晴仍朝飯雅發新寧止宿是日行四十里

其十日衰卿暗朝飯後先站飛卅止謂竟旦又遠歟

馬本道方伯使北郡各辦三行饌宴北郡風物都聚

於卅正使行中則陝川三嘉之支待也饌品精潔無

且豊盛三使及主伯開選於客舍東軒而坐地狹寠

故各送宴床於一行下處無送恩著之辭各負奴子

將處亦給盤床盖重待萬里航海之故也發次行重

之後主伯請觀馬上寸三使與主伯俱各秉聯管絃

歌舞權衡前導稜設朝陽閣令共順白鄉時憬者呈

其各樣馬上之寸樓前瞻野觀者如市北乃容悚之

寬衙處已是日行四十里

二十一日戊辰晴餘後雅發毛良站中火慶州止
宿此乃新羅舊都人物蕃盛遺風猶徧城郭依舊山
川秀麗可謂嶺南之一雄府而客子之眞謌密處已
主倅別設餞宴而亦如昨日矣是日行七十五里
二十二日己巳晴留慶州安伯倫以病落後今始來
到一行皆得家書余家獨無書信悵然之懷誠所難
堪古云家書抵萬金之說正謂此也
二十三日庚午晴朝餘後雅發執柜站中火蔚山止
宿得見家書每應慈闈素患之將餒雅家之後今始
得書悲喜交至旅忍遽析寥神後始得開紙乃如闇

시문

자제군관 홍세태

    홍세태(洪世泰, 1653~1725)의 본관은 남양(南陽), 자는 도장(道長), 호는 창랑(滄浪)·유하(柳下)이다. 5세에 책을 읽을 줄 알았고 7,8세에는 글을 지을 만큼 재주가 뛰어났으나 신분이 중인층이라 제약이 많았다.

    1675년 을묘 식년시 역과(譯科)에 응시하여 한학역관(漢學譯官)으로 뽑혀 이문학관(吏文學官)에 제수되었고, 첨정(僉正)을 역임하였다.

    1682년 정사 윤지완(尹趾完)·부사 이언강(李彦綱)·종사관 박경후(朴慶後) 등 통신사 일행이 도쿠가와 쓰나요시(德川綱吉)의 습직(襲職)을 축하하기 위해 일본을 방문하였을 때, 부사 이언강의 자제군관(子弟軍官)으로 제이기선(第二騎船)에 배속되어 일본에 다녀왔다.

    홍세태는 사행 동안 줄곧 많은 일본 문사들과 만나 필담을 나누었고 시를 주고받았다. 사행 중 통신사 일행이 교토 혼코쿠지(本國寺)와 에도 혼세이지(本誓寺) 등에 머물렀을 때, 홍세태는 제술관 성완(成琬)·서기 이담령(李聃齡)·상통사 안신휘(安愼徽) 등과 함께 구마가이 레이사이(熊谷荔齋)·다키가와 조스이(瀧川如水)·기노시타 준안(木下順庵)·호리 쇼보쿠(堀正樸)·구로가와 겐타쓰(黑川玄達) 등과 교유하였고, 이때 수고받은 시와 필담이 『상한필어창화집(桑韓筆語唱和集)』·『화한창수집(和韓唱酬集)』·『조선인필담병증답시(朝鮮人筆談幷贈答詩)』 등에 수록되어 있다.

같은 해 8월 26일 에도에 있는 소 요시자네(宗義眞)의 저택에서 상통사 안신휘(安愼徽), 군관 윤취오(尹就五), 사자관 이삼석(李三錫)·이화립(李華立), 화사 함제건(咸悌健), 전악 김몽술(金夢述)·윤만석(尹萬碩), 소동 배봉장(裵鳳章)·박성익(朴成益) 등과 함께 히토미 지쿠도(人見竹洞)·홋타 마사토시(堀田正俊)·아키모토 다카토모(秋元喬知)·사카이 다다쿠니(酒井忠國)·홋타 마사타카(堀田正高)·사카이 다다오(酒井忠雄) 등과 만나 자리를 함께 하였고, 많은 필담을 나누었다. 이때의 필담이 『한사수구록(韓使手口錄)』에 수록되어 있다.

1705년에 둔전장(屯田長), 1710년 통례원(通禮院) 인의(引義), 1713년 서부 주부 겸 찬수랑(西部主簿兼纂修郎)이 되었고, 1715년 제술관, 1716년에 의영고 주부(義盈庫主簿)가 되었다. 시를 잘 짓는다고 이름이 나서 김창협(金昌協)·김창흡(金昌翕)·이규명(李奎明) 등 사대부들과 절친하게 지냈고, 중인 신분으로서의 좌절과 사회 부조리에 대한 갈등을 시 속에 담아내어 위항문학(委巷文學)의 발달에 크게 기여하였다. 저서로는 『해동유주(海東遺珠)』와 『유하집(柳下集)』 등이 있다.

○ 영천 조양각에 오르다

임술년(1682) 일본에 갈 때 연로에 지나가면서 구경한 산천의 경치 가운데 누정의 장관으로는 영천의 조양각, 밀양의 영남루, 동래의 영가대가 최고였다.

나는 40년 후 신축년(1721) 정월에 울산 감목관으로서 일이 있어서 동래에 갔다가 영가대에 올랐다. 이어 대구 순영으로 향해 밀양을 들러 영남루에 올랐다. 다시 김천으로 가서 군수를 만나고 돌아오는 길에 영천에 가서 조양각에 올랐다. 산천과 경치를 살펴보니 마치 꿈속의 일 같아 굽어보고 우러러보고 하면서 감탄하였다. 입으로 장구를 읊고서 기록한다.

내가 옛날 일본 갈 때에	我昔東作日本遊
옥절 따라 남쪽 고장에 왔었지	身追玉節來南州
아침에 조양각 오르고	朝登朝陽閣
저녁에 영남루에 올라갔었지	暮上嶺南樓
영가내는 백 척이나 높아	永嘉之臺危百尺
아래에 큰 바다 만 리 갈 배를 매어놓았지	下繫滄溟萬里舟
돌아와보니 풍경이 꿈 속만 같아	歸來物色如夢裏
오늘 아침 다시 여기 왔다 말하지 마오	不謂今朝更來此
긴 내가 콸콸 흘러 얼음 비로소 녹고	長川活活氷始泮
해는 물결에 밝게 녹아 비단처럼 일렁이네	日融波明漾文綺
먼 산은 물러서서 아는 얼굴인 듯	遙山却立如識面
당시 취한 중에 본 일을 기억하는 듯	猶記當時醉中見
고운 기생 아름다운 곡조 이미 황천으로 갔으니	青娥錦瑟已黃土
사십년 사이에 인사가 변했구나	四十年來人事變
천지가 적막한데 이 늙은이만 남았으니	乾坤寥廓餘此翁
말 멈추고 오르는 일을 누구와 함께 하랴	駐馬登臨與誰同
지금의 내 마음 아는 이 없어	無人見我此時意
외딴 구름 남쪽 가고 기러기는 북쪽으로 돌아가네	南去孤雲北歸鴻

登永川朝陽閣

壬戌東槎之行, 沿途歷覽山川之勝, 樓觀之壯, 如永川之朝陽閣、密陽之嶺南樓、東萊之永嘉臺爲最焉。後四十年辛丑孟春, 余以蔚山監牧官, 有事往東萊登永嘉臺, 仍向大丘巡營, 過密陽登嶺南樓, 轉往金山見主倅, 返路抵永川登朝陽閣, 觀其山川物色, 有若夢中事, 俯仰感歎, 口占爲長句記之。

我昔東作日本遊, 身追玉節來南州。朝登朝陽閣, 暮上嶺南樓。永嘉之臺危百尺, 下繫滄溟萬里舟。歸來物色如夢裏, 不謂今朝更來此。長川活活氷始泮, 日融波明漾文綺。遙山却立如識面, 猶記當時醉中見。青娥錦瑟已黃土, 四十年來人事變。乾坤寥廓餘此翁, 駐馬登臨與誰同。無人見我此時意, 南去孤雲北歸鴻。

出浦山皆雪西南一島然朝烟泄盎戶春浪動漁船

意二永鷗邊路詩圓馬上天今宵松寺裏正好共僧眠

時期宿
青松寺

永嘉臺

南國山川壯東樓萬里心當時掛帆處白首更登臨

積水天俱動孤城日亦陰春風木蘭棹哀唱有餘音

草梁曉別

行人起視夜月落海潮生此去無期別天涯萬里青

登永川朝陽閣

壬戌東槎之行沿途歷覽山川之勝樓觀之

集 卷七 三十四

壯如永川之朝陽閣密陽之嶺南樓東萊之
永嘉臺爲最焉後四十年辛丑孟春余以蔚
山監牧官有事徃東萊登永嘉臺仍向大丘
廵營過密陽登嶺南樓轉徃金山見主倅返
路抵永川登朝陽閣觀其山川物色有若夢
中事俯仰感歎口占爲長句記之
我昔東作日本遊身追玉節來南州朝登朝陽閣暮
上嶺南樓永嘉之臺危百尺下繫滄溟萬里舟歸來
物色如夢裏不謂今朝更來此長川活活水始泮日
融波明漾文綺遙山却立如識面猶記當時醉中見

青娥錦瑟已黃土四十年來人事變乾坤寥廓餘此
翁駞馬登臨與誰同無人見我此時意南去孤雲北
歸鴻

奉呈趙巡相

杖鉞臨南紀公今尚黑頭威名增岳重惠化共春流
畫角殘梅落清尊數客留輕裝有餘興風物似荆州

贈別沈士厚北歸

卓犖平生氣自卬憐君何事落殊方奇文一吊將軍
墓短褐還昇按使堂酒後高歌雲不動春來歸思鴈
先翔行裝未滿玄黃馬此去關山萬里長

○ 밤에 조양각에 오르다

밝은 달이 오히려 나그네 같아	明月還如客
만날 기약이 없구나	相逢卽不期
젊은 시절 왔었던 곳을	少年曾到處
오늘 밤 홀로 올랐네	今夜獨登時
들 풍경은 시냇물이 그려내고	野色川溪寫
가을 소리는 초목이 알고 있네	秋聲草木知
붉은 난간에 백발이 어리니	朱欄映白髮
옛 자취 더듬다가 슬픔이 이네	撫跡却生悲

夜登朝陽閣

明月還如客, 相逢卽不期。少年曾到處, 今夜獨登時。野色川溪寫,
秋聲草木知。朱欄映白髮, 撫跡却生悲。

南翔獨憐老病無人問海水天風臥杳茫

早發達城

蒼凉秋野莖初日上高城白鷹方呼侶青山各送行

問人孤店遠駐馬大川橫十里三回首還同戀土情

河陽途中

樹林中藏小縣野色半入他山食草羔羊水際呼風

鳥雀林間

夜登朝陽閣

明月還如客相逢即不期少年曾到處今夜獨登時

野色川溪寫秋聲草木知朱欄映白髮撫跡却生悲

1711년

(제8차 사행)

동사록(東槎錄)

정사 조태억

조태억(趙泰億, 1675~1728)의 본관은 양주(楊州), 자는 대년(大年), 호는 겸재(謙齋)·평천(平泉)·태록당(胎祿堂). 최석정(崔錫鼎)의 문인이다. 1693년 진사가 되었고, 1702년 식년문과에 을과로 급제, 검열·지평·정언 등을 지냈다. 1707년 문과중시에 병과로 급제하였고, 1708년 이조정랑을 거쳐 우부승지를 지냈으며, 이듬해 철원부사로 나갔다가 1710년 대사성에 올랐다.

1710년 8월 20일 원래는 통신정사(通信正使)로 이제(李濟)가 차송(差送)되었는데, 뒤에 조태억으로 바뀌었다. 사행에 앞서, 삼사신은 숙종으로부터 통신사가 가지고 갈 예단(禮單) 중 인삼에 대해 특별히 그 품질과 진위에 문제가 없도록 검속하라는 명을 받았다.

1711년 통신정사가 되어 부사 임수간(任守幹)·종사관 이방언(李邦彦) 등 통신사 일행과 함께 도쿠가와 이에노부(德川家宣)의 습직(襲職)을 축하하기 위해 일본에 다녀왔다. 조태억은 통신사 일행이 묵고 있는 에도 히가시혼간지(東本願寺)에서 당시 쇼군(將軍)의 정치 고문으로서 내정과 외교의 대개혁을 주도하고 대조선외교에 있어서도 쇄신을 실행하고 있던 아라이 하쿠세키(新井白石)를 만나 필담을 나누었고, 얼마 뒤 이 필담을

『강관필담(江關筆談)』으로 엮었다. 조태억의『강관필담』은 아라이 하쿠세키의『좌간필어(坐間筆語)』와 임수간(任守幹)의『동사일기(東槎日記)』에도 수록되어 있으나, 내용에는 약간의 차이가 있다.

조태억은 또한 벳슈 소엔(別宗祖緣)·하야시 호코(林鳳岡) 부자 등 일본 문사들과도 교유하였고, 이때 주고받은 시가 여러 필담창화집에 수록되어 있다. 그 중 대표적인 것으로『계림창화집(鷄林唱和集)』·『칠가창화집(七家唱和集)』·『한객사장(韓客詞章)』·『사객통통집(槎客通筒集)』·『호저풍아집(縞紵風雅集)』등을 들 수 있다.

1712년 귀국 후 쓰시마도주의 간계에 속아 일본에서 가지고 온 국서(國書)가 격식에 어긋났다는 이유로 임수간·이방언과 함께 관작이 삭탈되고 문외출송(門外黜送)되었다가 이듬해 풀려났다.

1720년 다시 경상도관찰사로, 1721년 호조참판으로 기용되었고, 이어 대사성·부제학·형조판서·지경연사(知經筵事)·우빈객(右賓客) 등을 거쳐 1722년 대제학이 되고, 1724년 호조판서에 올랐다. 1725년 사간 이봉익(李鳳翼), 지평 유복명(柳復明) 등의 청으로 판중추부사로 전직되었다가 이어 삭출(削黜)되었다. 1727년 정미환국으로 다시 좌의정에 복직되었다가 영돈녕부사(領敦寧府事)에 전임하였다.

온건파에 속했고, 영조 즉위 후 김일경(金一鏡) 등 소론 과격파의 국문 때 책임관이 되었으나 위관(委官)의 직책을 매우 불안히 여겨 왕의 친국을 청하기도 하였다. 1755년 나주괘서사건(羅州掛書事件)으로 관작이 추탈되었다. 시호는 문충(文忠)이다. 초서와 예서를 잘 썼고 영모(翎毛)를 잘 그렸다.

「동사록(東槎錄)」은 그의 문집『겸재집(謙齋集)』에 실려 있는 시문집으로, 사행 도중 지은 시들로 구성되어있다. 그 밖에도 일본인에게 지어

준 명(銘)과 찬(贊) 등이 수록되어 있다.

o 신녕의 환벽정에서 현판의 운을 차운하다.

푸른 대가 푸른 벽처럼 둘렀고	翠篠圍蒼壁
붉은 난간 파란 허공에 일렁이네	朱欄漾碧虛
염천에 비가 지나간 후	炎天過雨後
멀리서 온 나그네 시원한 건 처음이네	遠客納凉初
몇몇이 모이자마자 술동이 여니	小集仍開酌
고상한 얘기가 독서보다 낫구나	高談勝讀書
조양각이 또 가깝다고 들으니	朝陽聞又近
가는 곳마다 멋진 누정에 있으리	着處好樓居

o 조양각에서 포은 선생의 시를 차운하여 순사 유 계의 명옹께
  드리다

남쪽 큰 바다 떠가면 언제나 돌아오랴	南浮漲海幾時迴
고개 넘은 나그네 심정 이날에야 펴보네	度嶺羈懷此日開
화려한 누각 멀리 푸른 벽에 튀어나왔고	華閣迥臨蒼壁出
긴 강은 아득히 푸름을 가르며 흘러오지 않네	長川遙劃碧無來
부절 든 멋진 손님 만나서	相逢勝客豹龍節
앵무배 든 아름다운 이 취하였구나	爛醉佳人鸚鵡盃
슬프구나, 내일 아침 다시 이별할 터이니	怊悵明朝更分手
이별노래 연주하려 거듭 서성이겠지	驪駒欲奏重徘徊

新寧環碧亭次板上韵

翠篠圍蒼壁, 朱欄漾碧虛。炎天過雨後, 遠客納凉初。小集仍開酌, 高談勝讀書。朝陽聞又近, 着處好樓居。

朝陽閣次圃隱先生韵奉呈巡使兪季毅命雄

南浮漲海幾時迴, 度嶺羈懷此日開。華閣逈臨蒼壁出, 長川遙劃碧無來。相逢勝客豹龍節, 爛醉佳人鸚鵡盃。怊悵明朝更分手, 驪駒欲奏重徘徊。

泛海尋將達場田計未成颕氷匡子賦持節七夫臺
珠壁山多阻南未兩少靖人生想前定氣音舉蓋行

新寧孫碧景次板上韻

翠篠圓舊壁朱欄漾碧虛夫天遍兩後達家釻凉初
小集仍開酌高談孫讀書翰陽聞又近書臺好樓居

桐陽間次圍隱先生韻奉呈思決會李教令甘
南浮溟海幾時迴慶嶺邊懷北日閣華閣迴臨舊壁
出長川遠劃碧無東相逢勝客酌叢節嶺醉生人鵑
鵑盃招帳明朝更今手曬駒欲養重胚細、

宋京懷古

동사일기(東槎日記)

부사 임수간

임수간(任守幹, 1665~1721)의 본관은 풍천(豊川), 자는 용여(用汝), 호는 돈와(遯窩). 『조선통신총록(朝鮮通信總錄)』에는 자가 용예(用譽), 호가 정암(靖菴)·청평(靑坪)으로 되어 있다. 1690년 생원시에 합격하였고, 1694년 알성문과에 병과로 급제하여 설서·정언 등을 지냈다.

1703년 당쟁의 폐단과 시정(時政)의 득실을 논하였으나 받아들여지지 않자 한때 향리에 은거하였다. 1707년 문신중시(文臣重試)에 병과로 급제하였다. 이조좌랑 겸 문학·교리·수찬 등을 역임하다가 1709년 사가독서(賜暇讀書)하였다.

사행에 앞서, 삼사신은 숙종으로부터 통신사가 가지고 갈 예단(禮單) 중 인삼에 대해 특별히 그 품질과 진위에 문제가 없도록 검속하라는 명을 받았다. 1711년 통신부사(通信副使)가 되어 정사 조태억(趙泰億)·종사관 이방언(李邦彦) 등 통신사 일행과 함께 도쿠가와 이에노부(德川家宣)의 습직(襲職)을 축하하기 위해 일본에 다녀왔다.

사행 중 정사 조태억 등과 함께 아라이 하쿠세키(新井白石)·벳슈 소엔(別宗祖緣)·하야시 호쿠(林鳳岡) 부자 등 일본문사늘과 교유하였고, 이때 주고받은 시가 『계림창화집(鷄林唱和集)』·『칠가창화집(七家唱和集)』·『한객사장(韓客詞章)』등 여러 필담창화집에 수록되어 있다. 또한 당시 사행 중의 기록을 『동사일기(東槎日記)』로 남겼다.

1712년 귀국 후 쓰시마도주의 간계에 속아 일본에서 가지고 온 국서(國書)가 격식에 어긋났다는 이유로 조태억·이방언과 함께 관작이 삭탈되고 문외출송(門外黜送)되었다가 이듬해 풀려났다.

경사(經史)에 밝고, 음률·상수(象數)·병법·지리 등에도 해박하였으며, 저서로는 『돈와유집(遯窩遺集)』이 있다.

『동사일기』는 건(乾)·곤(坤) 2권으로 구성되어 있으며, 필사본이 국립중앙도서관에 소장되어 있다.

권건에는 「전후통신사좌목(前後通信使座目)」이라는 제목 하에 고려조 통신사 정몽주(鄭夢周)로부터 1763년 조엄(趙曮)의 사행까지 400년 간 있었던 사행을 연도순으로 약술하였고, 이어 「신묘통신사좌목(辛卯通信使座目)」에서는 당시 사행역원의 명단과 왕반일정(往返日程)을 수록하였다. 그 뒤로 「동사일기(東槎日記)」에서는 신묘년 5월 15일 서울을 떠나 이듬해 2월 25일 좌수영(左水營)에 도착할 때까지의 사실을 일기체로 엮었다.

권곤에는 일본인 아라이 하쿠세키(新井白石)와 문답한 「강관필담(江關筆談)」, 국서 및 서계, 회답서계, 하정물목(下程物目)과 예단을 열거하였다. 다음으로 「문견록(聞見錄)」에는 일본의 지리 인물 풍속 제도 유희 등을 수록했으며, 「해외기문(海外記聞)」에서는 일본 역사에 관한 일을 서술하였다. 「신정약조(新定約條)」에는 일본인이 조선 여인을 범할 경우의 처벌을 논하였다. 「신장(贐章)」은 모두 60여수의 율시로 되어 있는데 동료로부터의 격려와 축하의 내용들이다.

5월 28일

비. 40리를 갔다. 신녕(新寧)에서 숙박하였다.

서헌(西軒) 뜰 곁에 시냇물이 흐르고 냇가에는 죽죽 뻗은 대나무가
무성하였다. 가운데 작은 정자가 바위에 걸쳐 지어져 벼랑 위에 있었는
데, 매우 그윽한 정취가 있었다. 정사와 함께 서헌에 앉아 굽어보기도
하고 올려다보기도 하면서 얘기를 나누고 시를 읊으니 문득 객중의 괴
로움이 잊혔다.

29일

맑음. 영천(永川)에서 숙박했다.

순사(巡使) 유명홍(俞命弘)이 만나러 와서 조양각(朝陽閣)에서 전별 잔
치를 베풀었다. 그리고 마상재(馬上才)를 구경하며 즐거움을 다하고 그
만두었다.

30일

(영천에서 떠나) 모량역(毛良驛)에서 점심을 먹었다. 자인(慈仁) 현감
이 지대(支待)하러 나와 있다가 만나러 왔다. 종일 비를 무릅쓰고 갔는
데 경주(慶州) 앞 내가 불어서 다리가 거의 끊어질 뻔 했다. 어렵게 내를
건넜다. 경주에서 묵었다.

남훈숙(南薰叔) 영(令 상대방의 경칭)을 보았는데 조령 넘어와서 만나니
기쁨을 알만하였다. 하양(河陽) 김극겸(金克謙)이 지대하러 나와 있다가
만나러 왔다. 읍이 쇠잔하고 백성이 적어서 이바지 음식이 형식도 갖추지
못하여서 하졸(下卒)들 태반이 밥을 먹지 못했다.

二十八日

雨。行四十里。宿新寧。西軒庭際有澗水，澗邊脩竹茂密，中有小亭架巖臨壑，甚有幽趣。與正使同坐西軒，俯仰談詠，頓忘客中之苦。

二十九日

晴。宿永川。巡使兪季毅命弘來會，設餞于朝陽閣，仍觀馬上才，盡懽而罷。

三十日

午飯毛良釋。慈仁倅出待來見。終日冒雨，慶州前川漲溢，橋幾折，艱得渡過。宿慶州。見南熏叔令，嶺外相逢，喜可知。河陽金克謙出待來見。邑殘人微，供饋殆不成㨾，下卒大半不得食矣。

蓋艶藝也○二十七日雨發義城午飯青路野竟寶
李增輝出待來見夕宿義興主人李雲坤支待來見
○二十八日雨行四十里宿新寧西新庭除有澗水
澗邊備竹茂宻中有小亭架巖睡壓甚有幽趣與正
使同畫西新備仰誅詠頓志客中之苦○二十九日
暗宿永川巡使俞穀命知未會談餞于朝陽閣仍
觀馬上才盡歡而罷○三十日午飯毛良驛慈仁倅
出待來見終日昌而慶州前川漲溢橋載折數得渡
過宿慶州見南熏叔令嶺外相逢喜可河陽金克謙
出待來見邑殘人微供鎮殆不成樣下牢大羊不得

食菜

六月初一日晴留慶州今軍官輩詣惟晩後主人張

樂說錢糧陪鳳凰臺後夜而歸○初二日晴發慶州

覆釜鳳凰臺烟嵯星晝午飯仇於驛慈仁郵夢海出

待來見過在水鶯上北門樓兵使李夏禎來見夕宿

蔚山長鬐北村來見憔軍來見○初三日雨朝發蔚

小上鎮永樓少宿龍塘驛村今館實頃精酒曉鷰舊竹

林其盛壽與逋帆○初四日晴向束萊官門五里府

使李正任郭彥殼厡懷來迎　國書盛龍亭子具儀

仗殼吹兩兵使佐冠帶陪行入客舍守令行問　上

7월 14일

맑음. 6월 4일 동래에 들어오고 6일에 부산에 도착해서부터 전후 40일간 열읍(列邑) 지공(支供)의 폐단이 비록 십분 줄었다고는 하나 허다한 인마(人馬)가 거의 백여 명에 이르고, 멀리 있는 읍의 이바지 음식 수송이 매우 어려워 마음이 적이 불안하였다.

동래 이후 기장(機張)·양산(梁山)·의령(宜寧)·영산(靈山)·함안(咸安)·진해(鎭海)·경주(慶州)·곤양(昆陽)·밀양(密陽)·사천(泗川)·울산(蔚山)·진주(晉州)는 하루 혹은 이틀에 두 번 음식을 공급하였고, 영천(永川)·자인(慈仁)·거제(巨濟)·고령(高靈)·흥해(興海)·연일(延日) 등 읍에서도 와서 공급하였으나 다담상(茶啖床)은 모두 줄이고 역졸(驛卒)·나장(羅將)·취수(吹手)·사공(沙工)들에게 모두 요미(料米)를 지급했다.

한 읍에서 지대하러 나오는 자가 늘 백여 명을 넘지 않는 적이 없었는데, 영천과 진주는 관원이 공석이었고 울산과 밀양은 병 때문에 태수(太守)가 오지 못했으나 나머지는 모두 출참(出站)하였다.

저녁 후에 약간 동풍(東風)이 불 조짐이 있어 여장을 꾸리고 기다렸다. 이미 배에 온 후에는 사공과 격군들에게 모두 요미를 지급하였기 때문에 군량(軍糧)이 부족하였다. 그래서 순영(巡營)에 관문(關文)을 띄워 다시 40석(石)을 얻어 절반은 싣고 나머지는 본부(本府)에 남겨두었다.

十四日

晴。自六月初四日入東萊, 六日到釜山, 前後四十日, 列邑支供之弊, 雖十分減省, 許多人馬, 殆近百餘, 遠邑輸饋甚難, 心竊不安。東萊以後機張、梁山、宜寧靈山、咸安、鎮海、慶州、昆陽、密陽、泗川、蔚山、晉州, 皆再供一日或兩日。永川、慈仁、巨濟、高靈、興海、延日等邑, 亦來供而茶啖挾床並減除。驛卒、羅將、吹手、沙工等處皆給料。一邑之人來待者, 尚不下百餘人。永川、晉州空官, 蔚山、密陽, 以病故太守不來, 餘幷出站矣。夕後微有東風之候, 戒行而待之, 旣已來船之後, 則沙格皆給料, 故軍粮乏少, 移關巡營, 更得四十石, 折半載去, 餘則留置本府。

倭人都船主平尚成護行次更爲出来○初九日晴
○初十日晴○十一日晴○十二日雨久滯候風之
中又連陰雨客懷甚苦○十三日雨夕晴○十四日
晴自六月初四日入東莱六日到釜山前後四十日
列邑支供之弊雖十分減省許多人馬殆近百餘遠
芦翰饋甚難心寫不安東莱以後機張梁山昌寧
山咸安鎭海慶山彦陽密陽泗川蔚山晉州皆再供
一日或兩日永川慈仁巨濟高靈興海進日等邑亦
来供而茶啖菜羞咸除驛卒將吹手沙工等處皆
給料一邑之人来侍者尙不下百餘人永川晉州最

空留荊山畓陽以病故太守不來餘井出站矣夕後
微有束風之候戒行而待之況已來船之後則沙格
皆始料故軍粮之少稍闊延營更得四十石折半載
去餘則留置本府○十五日晴卯初發船倭人都船
主以下大小共七隻一齊舉帆出洋中過水宗風勢
漸息而有頃微有逆風遂帆促櫓而行抵暮紅日西
沈金光萬森扶上張幄月無際而明月竦於淡靄之中四顧
懷荒巨浸浮天地搏上張幄而坐紗籠懸四隔燭影
不動簫鼓細咽他紙揚袞天下壯遊與慢處十餘
人奉而啷彼地馬爲教三十里潮勢甚逆倭船之未

동사록(東槎錄)

왜학통사(倭學通事) 김현문

　　김현문(金顯門, 1675~?)의 본관은 우봉(牛峰), 자는 양보(揚甫). 1702년 식년시 역과에 합격하였다.

　　1711년 통신사행 때 정사의 압물통사로서 일본에 다녀왔으며, 이때의 사행 경험을 바탕으로 『동사록(東槎錄)』을 남겼다.

　　1714년에는 화재가 발생하였던 서왜관 동대청(東大廳) 서행랑(西行廊)을 다시 짓는데 감동관(監董官)으로서 최상집(崔尙嶫)과 함께 파견되었다.

　　1733년 쓰시마도주 소 미치히로(宗方熙)가 물러나 쉬고 그의 조카 요시유키(義如)가 그 자리를 이었을 때 박춘서(朴春瑞)와 함께 쓰시마로 가 치하하고 문위하였다. 품계는 가선대부(嘉善大夫)에 올랐으며, 교회(敎誨)를 지냈다.

　　『동사록』은 1권 1책으로 필사본이 일본 교토대학에 소장되어 있다. 사행일기 외에 「사행원역(使行員役)」·「국서 등 서계」·「일본왕환총목(日本往還總目)」·「관백(關白)」·「대마도주(對馬島主)」·「임진후통신사(壬辰後通信使)」 등으로 구성되어 있다.

　　사행일기는 1711년 5월 12일 출빌부터 11월 18일 국서 전달 때까지 매일 기술하고, 그 다음부터는 '회사록(回槎錄)'이라는 소제목 하에 이듬해 2월 25일 쓰시마에서 출발할 때까지의 회정일기(回程日記)를 기록하였다. 「사행원역」에는 조선 측의 사행원 외에 일본 측의 호행(護行)·재판(裁判) 등의 원역을 기술하였다. 「관백」과 「대마도주」에서는 사행의 직접 관계 당사자인 관백과 쓰시마도주의 세계(世系)를 약술하고, 또 「임진후 통신사」에서는 조선후기 통신사행의 역사를 약술한 다음, 1711년 사행에 대해서는 조정에서의 논의 등을 상세하게 기술해 놓았다. 또한 돌아오는 길에 아카마가세키(赤間關)에 체재하던 중 나가사키에서 에도로 가던 네덜란드인 5명을 만나 대화하게 되었는데, 그들과의 대화내용과 그들의 인상·무역·물산 등에 관해 기술해 놓았다.

5월 28일(병진)

비. 새벽에 비를 무릅쓰고 출발했다. 신녕현에 도착해 묵었다. 신녕현 및 칠곡·산음 등 읍에서 지대하였다.

22일 보낸 한양 편지를 받아보고 비로소 집안이 안녕하다는 소식을 알았다. 삼가 보니 집안이 이산으로 행차하였다고 한다. 기쁨을 쓴 들 어찌 다 말할 수 있으랴. 이날 40리를 갔다.

29일(정사)

아침에 흐리다가 정오에 갬. 미명에 출발하였다. 영천에 도착해 묵었다. 영천 및 경산에서 지대하였다.

경상도 관찰사 유명홍 공이 옛 전례에 따라 전별연을 베풀었다. 조양각은 9군에서 담당하였고 정사 일행은 합천·삼가에서 준비하였다. 앞

을 곳이 협소하여 각기 잔칫상을 일행의 거처로 보냈다. 노자의 거처에
도 역시 반상을 지급하였는데, 음식이 지극히 풍성하였다.

오후에 조양각 아래 빈 들에서 마상재 시연을 구경하였다. 구경하는
자가 들에 죽 둘러있어 역시 하나의 장관이었다. 9군의 풍물이 여기에
모두 모여 있었다. 관현이 모여 연주를 하고 기녀가 공연을 하며 종일
즐기다가 촛불을 켜고서야 끝났다. 여기가 바로 객회를 푸는 곳이었다.
이날 40리를 갔다.

30일(무오)

비. 감영으로 돌아가는 관찰사 편에 집에 보내는 편지를 부쳐 서울로
전송하게 하였다. 새벽에 (영천에서) 출발하기 어려웠다. 모량역에 도
착하여 대구·자인·청하 등의 읍에서 지대하였다.

점심 후 비를 무릅쓰고 가서 경주부에 도착했는데 10리가 안 되었다.
정사께서 신라 충신 김유신 묘를 구경하러 갔다가 어두워진 후 부중에
도착했다. 다리 아래 물이 크게 불어 일행 가운데 물에 빠질 뻔한 자가
많았다. 경주부와 하양에서 지대하였다. 이날 75리를 갔다.

二十八日丙辰

雨。平明冒雨發行, 到新寧縣止宿, 本縣及漆谷山陰等邑, 支待矣。得見二十二日所發京書, 始知閣家安寧, 而伏見家庭行次, 抵理山下, 書其爲喜幸, 何能盡諭。是日行四十里。

二十九日丁巳

朝陰午晴。未明發行, 到永川郡止宿, 本部及慶山, 支待矣。本道方伯兪令公命弘, 依故例設餞宴, 朝陽閣, 使九郡各辨; 正使行中, 陜川三嘉所辨也。仍坐地狹窄, 各送宴床於一行下處, 奴子處亦給盤床, 饌品極其豐盛矣。午後試觀馬上才, 於閣下曠原, 觀者遍野, 亦一壯觀也。九郡風物, 都聚於此, 管弦集奏, 妓戲盡呈, 終日酣暢, 秉燭仍罷。此乃客懷之寬抑處也。是日行四十里。

三十日戊午

雨。巡使還營便, 付送家書, 以爲傳送京師之地。平明難發, 到毛良驛, 大丘慈仁淸河等邑支待。中和後冒雨, 到慶州府, 未及十里, 正使相歷見新羅忠臣金庾信墓, 昏後抵府中, 橋水大漲, 行中多有溺水幾危者。本府及河陽支待矣。是日行七十五里。

霍閔僚之肤令人懽神真奇觀也本縣及青松支待矣是

日行七十里

二十七日乙卯陰平明發行到青路站盈德真寶比妄等

邑支待中火淡使相歷八鶴山書院展拜 六臣及巳三忠 臣夕到

義興縣止宿星州及本縣支待矣是日行五十里

二十八日丙辰兩平明冒雨發行到新寧縣止宿本縣及

恭谷山儉等邑支待矣得見二十二日所發京書始知閔

家安寧而伏見 家庭行次抵理山下書其為喜幸何能

盡喻是日行四十里

二十九日丁巳朝陰午晴未明發行到永川郡止宿本郡

及慶山支待矣本道亐伯俞令公命弘依故例餞饌宴朝

陽閣使九郡各辦正使行中陜川三嘉所辦也仍坐地狹

寔各送宴床於一行下處奴子處亦給盤床饌品極其豐

盛矣午後試観馬上才於閣下曠原観者遍野亦一壮観

也九郡風物都聚於此管絃集奏效戱盡呈終日酣暢焉

焉乃罷此乃容懷之寬抑處也是日行四十里

三十日戊午雨巡使還營便付送家書以為轉送京師之

地平明難敲到毛良驛大丘慈仁清河等邑支待中火後

冒雨到慶州府未及十里正使相歷見新羅忠臣金庾臣

墓昏後抵府中橋水大漲行中多有溺水幾危者本府及

河陽支待矣是日行七十五里

六月初一日己未晴曉行　望闕禮留慶州府尹南令公

1719년

(제9차 사행)

해사일록(海槎日錄)

정사 홍치중

홍치중(洪致中, 1667~1732)의 본관은 남양(南陽), 자는 사능(士能), 호는 북곡(北谷). 민정중(閔鼎重)의 문인이다. 1699년 사마시에 합격하였고, 1706년 정시문과에 병과로 급제해 검열이 되었다. 그 뒤 지평·헌납·교리 등을 지내다가, 1712년 북평사(北評使)로 차출되어 백두산정계비를 세우는 데 참여하였다. 이어 대사간과 승지 등을 역임하고 경상도와 전라도 관찰사를 지냈다.

1719년 도쿠가와 이에노부(德川家宣)가 사망하고 그의 아들 도쿠가와 이에쓰구(德川家繼)가 그 자리를 계승하였으나 얼마 안 되어 죽고 아들이 없으므로 종실(宗室) 기이국(紀伊國) 태수(太守) 도쿠가와 요시무네(德川吉宗)가 대신 그 자리에 올라 통신사를 요청하였기 때문에 홍치중이 통신정사(通信正使)가 되어 부사 황선(黃璿)·종사관 이명언(李明彦) 등과 함께 요시무네의 습직(襲職)을 축하하기 위해 일본에 다녀왔다. 사행 당시 호조참의(戶曹參議)였다.

사행 이후 1719년 부제학·이조참판이 되었고, 영조 즉위 후 예조판서로 발탁, 병조와 형조의 판서를 지냈다. 1726년 좌의정 민진원(閔鎭遠)의 천거로 우의정에 올랐고, 탕평을 추구하는 왕으로부터는 신임이 두터워 좌의정·영의정으로 승진하였다.

탕평을 주도하는 노론과 소론의 온건파를 중심으로 한 연합정권 구축에 크게 기여하였다. 국가 재정 문제에도 큰 관심을 가졌고, 민생고의 원인이 되는 전화(錢貨)의 부족을 해소하기 위한 주전의 필요성과 순목(純木)의 통용을 역설하였다. 시호는 충간(忠簡)이다. 사행록『해사일록(海槎日錄)』이 있다.

『해사일록』은 2권 2책으로 필사본이 일본 교토대학에 소장되어 있다. 겉표지는 '동사록(東槎錄) 악(樂)·사(射)'로, 속표지는 '홍북곡해사일록(洪北谷海槎日錄) 상·하로 표기되어 있다. 체재는 사행일기 외에 사행원역(使行員役)이 있고 문견록은 없다. 사행일기는 1719년 4월 11일 출발부터 이듬해 1월 6일 쓰시마 출발까지 매일 기록되어 있는데, 오사카·왜경(倭京)·에도 등지에서의 견문과 감상이 풍부하게 수록되어 있다. 에도에서의 전명의식(傳命儀式)이 아주 상세하게 묘사되어 있다.

23일(을축)

맑음. 신녕(新寧)에서 묵었다.

여겸(汝謙)을 찾아가 인사하고 일찍 출발하여 달려가 신녕에 도착했다. 주수(主守) 김윤호(金胤豪)가 맞이하러 나왔다. 고령(高靈) 수령 이세홍(李世鴻), 거창(居昌) 수령 권경(權岡), 함양(咸陽) 군수 족형(族兄), 칠곡(柒谷) 수령 장효원(張孝源)이 모두 지대 때문에 만나러 왔다.

부사와 종사관 두 동료와 함께 환벽정(環碧亭)에 올라가 방백(方伯)이 행차하기를 기다렸다. 노천(老泉)이 전별연을 위해 와서 모일 것이기 때문에 구숙(久叔)이 문소(聞韶)에서부터 따라와서 정자에 올라 앉아 한가롭게 이야기를 나누었다. 조금 늦게 노천(老泉)이 왔다. 밤이 들도록 놀다가 끝났다. 이날은 40리를 갔다.

24일. 병인(丙寅).

맑음. 영천(永川)에서 묵었다.

방백(方伯 관찰사)이 아침에 전별모임을 베풀어 주었다. 월성(月城)과 화산(花山)과 문소(聞韶)의 관기(官妓)들이 음악을 연주하였는데 잠시 만에 끝났다.

이어 종사관을 전송하고 하양(河陽)길로 떠나 부사와 함께 영천에서 잤다. 고을 수령 이첨백(李瞻伯)이 만나러 왔다. 조금 늦게 조양각(朝陽閣)에 올라가 마상재(馬上才)를 구경하였다. 이날은 40리를 갔다.

25일. 정묘(丁卯).

아침에는 맑았다가 저녁에는 비가 내렸다. 영천에 머물렀다.

먼저 경주로 향하는 부사를 전송하였다. 베개와 이불을 조양각(朝陽閣)으로 옮겼다.

26일. 무진(戊辰).

아침에 흐렸다. 경주에 도착했다.

(영천에서) 일찍 출발하여 구화(仇火)에서 말을 먹였다. 경주까지 5리 못 미쳐서 소나기가 갑자기 내려서 급히 말을 몰아 경주부로 들어갔다. 일행 중 옷이 젖지 않은 이가 없었다. 부사와 이야기를 나누었다. 주수가 만나러 왔다. 영천의 사군(使君 군수) 또한 차원(差員)으로 뒤따라 왔다.

주인이 밤에 전별연을 베풀어 닭이 울고서야 끝이 났다. 이 날은 70리
를 갔다.

二十三日。乙丑。晴。次新寧。

歷辭汝謙。早發馳到新寧。主守金胤豪出迎。高靈守李世鴻、居昌
守權咼、咸陽郡守族兄、柒谷守張孝源, 皆以支持來見。與副從兩僚,
登環碧亭, 待方伯之行。盖老泉爲餞宴將來會, 故尒久叔, 自聞韶追
至, 方坐亭上閑話。差晩泉令始到, 入夜而罷。是日行四十里。

二十四日。丙寅。晴。次永川。

方伯朝設餞會。月城、花山、聞韶官妓, 若而人張樂, 少選而罷。
仍作行迓從事, 赴河陽路, 與副使宿永川。主守李瞻伯來見。差晩登
朝陽閣, 觀馬上才。是日行四十里。

二十五日。丁卯。朝晴晚雨。留永川。

送副使先向慶州。移枕衾于朝陽閣。

二十六日。戊辰。朝陰。次慶州。

早發, 抹馬仇火。未及慶州五里, 驟雨忽作, 疾驅入府。一行上下無
不沾濕。與副使會話。主守來見。永川使君, 亦以差員追至。主人夜設
餞, 鷄鳴而罷。是日行七十里。

歷東軒見久叔父子付京書於久叔子行歷拜六臣祠

宇午到義興主守曹汝謙来見朴泰彙以新恩来謁驛

卒一人患瘧在道不救可憐餉主守覓給大匹歛殯于

路側仍卽宿是日行五十里

二十三日乙卄晴次新寧

歷辭汝謙早敏馳到新寧主守金瀜豪出迎高靈守李

世鴻居昌守權岡咸陽郡守族兄恭谷守張孝源皆以

支待来見與副従兩僚登環碧亭待方伯之行盖老泉

爲饑宴將来會故尒久叔自聞韶追至方坐亭上閑話

差晚泉令始到八夜而罷是日行四十里

二十四日丙寅晴次永川

方伯朝設餞會月城花山開韶官妓若而人張樂少選
而罷仍作行送從事赴河陽路與副使宿永川主守李
瞻伯来見差晚登朝陽閣觀馬上才是日行四十里
二十五日丁卯朝晴晚雨留永川
送副使先向慶州移枕余于朝陽閣
二十六日戊辰朝陰次慶州
早發抹馬仇火末及慶州五里驟雨忽作疾驅入府一
行上下無不沾濕與副使會話主守来見永川使君亦
以差員追至至人夜設餞會鷄鳴而罷是日行七十里
二十七日己巳晴次蔚山
早發歷琴鶴軒別主倅及永川使君抹馬仇扵接慰官

부상록(扶桑錄)

군관 김흡

김흡(金瀁, ?~?)의 생애는 미상이다. 비변사(備邊司) 낭청(郎廳)을 지냈다.

1719년 정사 홍치중(洪致中)·부사 황선(黃璿)·종사관 이명언(李明彦) 등 통신사 일행이 도쿠가와 요시무네(德川吉宗)의 습직(襲職)을 축하하기 위해 일본을 방문하였을 때, 군관(軍官)으로서 종사관 이명언을 배행하였다. 사행기록『부상록(扶桑錄)』을 남겼다. 『조선통신총록(朝鮮通信總錄)』과 필담창화집『상한훈지(桑韓塤篪)』에는 종사관군관으로 되어 있는데, 『통신사등록(通信使謄錄)』에는 부사군관(副使軍官)으로 되어 있다.

『부상록』은 2권 1책으로 필사본이 국립중앙도서관에 소장되어 있다. 체재는 사행일기 외에 사행원역(使行員役)과 본인의 서문(序文)이 있고 문견록은 없다. 사행일기는 1719년 4월 19일 출발부터 9월 27일 에도 도착까지 매일 기술되어 있다. 에도 도착까지만 기술되어 있을 뿐 에도에서의 전명의식(傳命儀式)이 서술되어 있지 않고 회정기(回程記)도 없다.

김흡은 자작시보다는 중국인의 시를 인용하여 자신의 정서를 대신 그려냈으며, 일본 지명에 관하여 한문을 쓰고 그 옆에 국문으로 일본식 발음을 붙여 놓은 것이 특징이다

4월 23일(을축)

맑음. 40리를 갔다. 신녕현에서 묵었다. 이날 해가 뜬 후 신녕현에 도
착했다. 현령은 바로 김윤호이다. 칠곡 부사 장효원이 출참하여 지대하
였다. 칠곡의 관속들을 모두 불러서 만나보고 물러난 후 다담을 지급하
고 술을 대접하여 보냈다.

경상도 옛 관찰사 이집 씨가 사행을 전별하러 순영에서 와서 도착했
다. 거창 부사 권경, 산음 부사 이광조, 순영의 비장 이필홍이 내방했다.
저녁 때 산음, 거창 두 부사를 만나러 갔다가 돌아왔다. 영천, 산음에서
칠곡사령에게 맡겨 보내, 하양현에 와서 접대하게 하여 이영중을 만나
보려 하였으나 내가 어제 이 현을 지날 때 편지를 두고갔는데 서로 어긋
나 만나지 못하니 애석하고 애석하다.

24일(병인)

맑음. 40리를 갔다. 하양현에서 묵었다.[1] 이날 아침 일찍 관찰사를
만나러 갔다가 돌아왔다.

조반 전에 관찰사가 객사의 동헌에서 전별연을 베풀어[2] 우리를 맞이
하려 하였다. 들어가 잔치에 참석하니 앉는 차례가 불편하여 사양하고
참석하지 않았다. 곧 잔칫상을 거처에 각기 보내왔고 또 일행의 노자들
에게까지 보내졌다.

객사 서쪽에 작은 정자가 있는데 이름이 환벽정이다. 깎아지는 벼랑
위에 있고 아래에는 맑은 지내가 흐르며 널빤지로 다리를 만들었는데

---

1) 정사 홍치중은 신녕 전별연 후에 24일 영천으로 와서 묵었는데, 김흡은 하양에서
   묵었기에 영천 기록이 없다.
2) 관찰사가 신녕현에서 전별연을 베푼 것은 특이한 경우이다.

명승이라 한다. 정자의 삼면에는 죽죽 뻗은 대나무 수만 그루가 있어 경계가 매우 그윽하고 고요하며 맑은 정취가 사랑스럽다. 관찰사께서 부채 두 자루를 보냈다.

종사관은 종씨인 정언 이명의의 유배지를 방문하기 위해 이곳에서부터 길이 갈려 밀양으로 향하고, 정사와 부사는 곧장 영천으로 향한다. 이영중에게 답장을 썼다. 영일 부사 이석복이 영천에서 출참한다 하니 만날 계책이 없다. 편지를 맡겨 보냈다. 늦게 밥을 먹은 후 출발해 하양현에 도착하니 이미 해가 졌다. 현감은 이○○이다. 밤을 타 내방하였다. 산음에서도 알현하러 왔다.

二十三日乙丑

晴。四十里。新寧縣宿所。是日日出後, 到新寧縣, 縣令卽金胤豪也。漆谷府使張孝源, 出站支待, 漆谷下屬, 盡數招見, 退給茶啖饋酒而送。本道舊方伯李㙫氏, 爲餞使行, 自巡營來到矣。居昌倅權咼、山陰倅李光肇、巡裨李必弘, 來訪。夕時, 往見山陰、居昌兩倅而還。永川、山陰處, 委送漆谷使令, 使之來待於河陽縣。得見李令仲。吾昨過此縣時, 留置書, 交違不逢, 可悵可悵。

二十四日丙寅

晴。四十里。河陽縣宿所, 是日早朝。往見巡使而歸。朝前, 巡使設餞宴於客舍之東軒, 欲邀吾輩, 入參於宴席, 而以其坐次之不便, 辭不入參, 則各送宴床於下處, 而又及於一行奴輩矣。客舍之西, 有一小亭, 名曰環碧, 在於斷岸上, 下有一道淸溪, 以板作橋, 曰名選勝, 亭之三面, 有脩竹萬竿, 境甚幽靜, 淸趣可愛。巡相送二柄扇。從事相爲訪從氏李正言明誼謫所。自此分路向密陽, 正副使相, 向直永川路。答李令書, 迎日倅李碩復, 出站於永川云, 而無計相逢, 替書而送。晚食後發行, 到河陽縣, 日未夕矣。縣監卽李○○也, 乘夜來訪。山陰來現。

張孝源也訪友待[illegible][illegible]下[illegible][illegible]始招見還[illegible]來
喫餞酒[illegible][illegible]東[illegible]應方伯李集氏而餞出川
自[illegible][illegible]來[illegible]矣[illegible]邑倅權同山倅李[illegible][illegible]
與[illegible]李[illegible]弘來訪夕時往見山[illegible][illegible][illegible]倅之[illegible]
永川山城[illegible][illegible][illegible][illegible][illegible]出又失之來待於河陽
而[illegible]兄李[illegible]伴[illegible][illegible]過此而時[illegible][illegible][illegible][illegible][illegible]不
逢而悵悵
二十四日丙寅晴 四十里河陽而宿
是日平明往見[illegible]史之歸而[illegible][illegible]史設餞宴於
客舍[illegible]東軒[illegible][illegible][illegible]入來於宴席以[illegible]
[illegible][illegible][illegible][illegible]入來[illegible][illegible][illegible]宴席於下[illegible]之又[illegible]於
河[illegible][illegible][illegible][illegible][illegible][illegible]一小[illegible]名曰[illegible][illegible][illegible]在

부상기행(扶桑紀行)

자제군관 정후교

정후교(鄭後僑, 1675~1755)의 본관은 하동(河東), 자는 혜경(惠卿), 호는 국당(菊塘). 찰방(察訪)·첨지중추부사(僉知中樞府事)·동지중추부사(同知中樞府事) 등을 지냈다.

1719년 정사 홍치중(洪致中)·부사 황선(黃璿)·종사관 이명언(李明彦) 등 통신사 일행이 도쿠가와 요시무네(德川吉宗)의 습직(襲職)을 축하하기 위해 일본을 방문하였을 때, 부사 황선의 자제군관(子弟軍官)으로 수행하였다. 사행 당시 부사용(副司勇)이었으나, 부사가 탄 제이기선(第二騎船) 안에서 서기 성몽량(成夢良)과 함께 연구(聯句)로 오언배율 20운(韻)을 지어 시명(詩名)을 떨쳤다.

같은 해 8월 초부터 18일까지 통신사 일행이 풍랑으로 인해 아이노시마(藍島)에 머물고 있을 때, 정후교는 제술관 신유한(申維翰), 서기 장응두(張應斗)·성몽량(成夢良), 양의(良醫) 권도(權道), 의원 백흥전(白興銓)·김광사(金光泗) 등과 함께 오노 도케이(小野東溪)와 만나 시와 서신 등을 주고받았고, 그 시문이 『남도고취(藍島鼓吹)』에 수록되어 있다.

같은 해 9월 15일 미노(美濃) 오가키(大垣)에서 기타오 슌린(北尾春倫)

과 만나 시를 주고받았고, 가슴뼈가 앞으로 도드라져 나온 구흉(龜胸)이라는 병의 처방전에 대해 필담을 나누기도 하였다. 이때 나눈 증답시와 의학필담이 『상한훈지(桑韓塤篪)』에 수록되어 있다.

1727년 황선이 경상도관찰사로 부임할 때 그 막좌(幕佐)가 되었다. 저서로 사행록 『부상기행(扶桑紀行)』이 있다. 조엄(趙曮)의 『해사일기(海槎日記)』에 막비(幕裨) 정후교에게 『부상록』 1편이 있다고 하였는데, 『부상기행』을 말하는 것으로 보인다.

정세영이 곧 정후교(鄭後僑)라는 주장도 있으나, 『통신사등록(通信使謄錄)』과 『조선통신총록(朝鮮通信總錄)』에는 정세영은 사자관으로, 정후교는 부사 황선의 자제군관(子弟軍官)으로 각각 소개되어 있다.

『부상기행』은 2권 1책으로 필사본이 일본 교토대학에 소장되어 있다. 겉표지에는 '동사록(東槎錄)', 속표지는 '정막비부상기행(鄭幕裨扶桑紀行) 상·하'로 표시되어 있다. 원본 『해행총재(海行摠載)』에 서명이 기록되어 있는데, 거기에는 '부상록(扶桑錄)'으로 표기되어 있다. 체재는 상권에 사행일기, 하권에 저자가 사행 중에 지은 시문을 수록하고 있다. 사행일기는 1719년 4월 19일 출발부터 이듬해 정월 쓰시마 출발까지 기술하였는데, 매일 적은 것이 아니고 필요할 때만 기술하였다. 권말(卷末)에 간단한 문견록이 기술되어 있다. 일본의 풍경 묘사와 풍속 소개 등 기행록의 성격이 많이 보인다. 하권에 환벽정에서 지은 시가 한 수 실려 있다.

○ 환벽정(環碧亭). 편액의 시에 차운하다.

시원하여 더운 줄 모르니	泠泠不知暑
물가의 한 누각이 텅 비었구나	臨水一樓虛
옥절 받들고 멀리 동쪽으로 가는데	玉節東行遠
푸른 산에 이제 막 비가 지났네	蒼山雨過初
새로 난 대나무 이미 보아도	已看新籜竹
고향의 편지는 구하기 어려워라.	難得故鄉書
문득 절로 행역 근심 잊으니	忽自忘行役
초연히 이곳에 조용히 있어서네	翛然此靜居

環碧亭謹次板上韻

　泠泠不知暑, 臨水一樓虛。玉節東行遠, 蒼山雨過初。已看新籜竹,
難得故鄉書。忽自忘行役, 翛然此靜居。

環碧居亭謹次板上韻

泠泠不知暑　臨水一樓虛　玉節東行遠　蒼山兩過初已著

慶州府中有玉笛新羅時故物也令樂人試吹

新釋竹難得　故鄉書忽自忘　行役偏然此靜居

一曲辨遒亮

落日高臺上　臨風玉笛清瀏瀏　鳴細澗裊裊　雜新鶯曾是

千年物偏憐故國　辨曲終山欲暮　無限客中情

延春軒謹次板上韻

霏微山雨裏　迢馬故城來　古木無情老　流川自在田五陵

芳草合廬閣膜　鍾聲繁華成一夢　突兀倪星臺

逢端陽書懷

시문

제술관(製述官) 신유한

신유한(申維翰, 1681~1752)의 본관은 영해(寧海), 자는 주백(周伯), 호는 청천(靑泉). 경북 고령 출신. 1705년 진사시에 합격하였고, 1713년 증광문과에 병과로 급제하여 봉상시첨정에 이르렀다.

1719년 정사 홍치중(洪致中)·부사 황선(黃璿)·종사관 이명언(李明彦) 등 통신사 일행이 도쿠가와 요시무네(德川吉宗)의 습직(襲職)을 축하하기 위해 일본을 방문하였을 때, 제술관(製述官)으로서 정사 홍치중이 타고 간 제일기선(第一騎船)에 배속되어 일본에 다녀왔다. 사행 중 신유한의 시를 받기 위해 수많은 일본문사들이 모여들었고, 일본문사들로부터 대단한 칭송을 받았다.

아이노시마(藍島)에서는 구시다 긴잔(櫛田琴山)·후루노 바이호(古野梅峰, 古野元軌) 등과, 우시마도(牛窓)와 효고(兵庫)에서는 마쓰이 가라쿠(松井河樂)·야마다 고사이(山田剛齋)·와다 쇼사이(和田省齋) 등과, 나니와(浪華, 오사카)·미노(美濃)·오와리(尾張) 등지에서는 아사히나 분엔(朝比奈文淵)·기노시타 란코(木下蘭皋)·기타오 슌포(北尾春圃)·기타오 슌치쿠(北尾春竹)·기타오 슌린(北尾春倫) 등과, 에도에서는 하야시 호코(林鳳岡, 林信

篤)·하야시 류코(林榴岡, 林信充)·하야시 가쿠켄(林確軒, 林信智) 등과 만
나 교유하였고, 그때마다 각각 주고받은 시와 필담이『남도창화집(藍島
唱和集)』·『상한창수집(桑韓唱酬集)』·『상한훈지(桑韓塤篪)』·『객관최찬집
(客館璀粲集)』·『봉도유주(蓬島遺珠)』·『삼림한객창화집(三林韓客唱和集)』
등 수많은 필담창화집에 수록되어 있다. 신유한은 문장 이름이 났으며,
특히 시에 걸작이 많고 사(詞)에도 능하였다.

　사행일기로『해유록(海遊錄)』이 있는데, 일본 사행록의 백미로 꼽힌
다. 그러나 고향인 고령을 들러 사행을 뒤쫓아 가느라 영천에서 머물
여가가 없었기 때문에 영천에 대한 기록을 찾아볼 수 없다. 그런데 사행
이 있기 4년 전 조양각에서 홍치중을 만나 차운한 시가 있다. 연보에
따르면 뱃놀이를 마친 후 조양각에 들렀다가 홍치중을 만나 시를 지었
다고 한다. 이것이 인연이 되어 훗날 홍치중이 통신사 정사로 임명되었
을 때 신유한이 제술관에 선임되었던 것이 아닌가 한다.

○ 조양각 현판의 운에 차운하여 홍치중 어사께 드리다.

푸른 산 멀리 있고 물이 감돌아 흐르니	靑山迢遰水縈回
옮겨가 높은 누각 기대면 삼라만상 펼쳐지네	徙倚高樓萬象開
천고의 흥망에 황학이 읍소하고	千古廢興黃鶴訴
한 때 봄 날아오르니 백구가 오는구나	一春飛動白鷗來
벽 틈으로 밝은 달이 시 만들 구실 주고	壁間明月供文藻
주렴 밖 푸른 구름이 술잔을 마주하네	簾外靑雲對酒盃
성인은 어진 법전 베풀기 생각한다 들었으니	聞道聖人思祝網

봉황의 조서가 날마다 더뎌지네   鳳凰含詔日遲徊

외딴 성 봄풍경에 머리 자주 돌리니   孤城春色首頻回
시야 멀리 아득하게 큰 들이 펼쳐졌네   極目蒼茫大野
봉황 우는 누각에 천하의 승경이 전하여   開鳴鳳樓傳天下勝
청총마 탄 손이 서울에서 왔구나   乘客自日邊來
만나자 백설 노래 서두르니   相逢白雪催成曲
청산이 술 들기를 돕는구나   遂有靑山佐擧盃
떠돌면서 왕찬의 등루부를 근심하니   飄泊正愁王粲賦
궁궐에서 한밤중에 일어나 배회하리   北辰中夜起徘徊

朝陽閣次板上韻奉洪御史致中

青山迢遞水縈回, 徙倚高樓萬象開。千古廢興黃鶴訴, 一春飛動白鷗來。壁間明月供文藻, 簾外靑雲對酒盃。聞道聖人思祝網, 鳳凰含詔日遲徊。

二

孤城春色首頻回, 極目蒼茫大野開。鳴鳳樓傳天下勝, 乘客自日邊來。相逢白雪催成曲, 遂有靑山佐擧盃。飄泊正愁王粲賦, 北辰中夜起徘徊。

吾青天地火浮世西朋多敢詫青雲興偏戀白雪歌

俗塵囂小草山逕憶深蘿獨有知音在逢君奈樂何

朝陽閣次枚上韻奉洪御史致中

青山迢遞水縈回徙倚高樓萬象開千古廢興黃鶴

訴一春飛動白鷗來壁間明月供文藻簾外青雲對

酒盃聞道　聖人思祝網鳳凰含詔曰遲徊

二

孤城春色首頹回極目蒼茫大野開鳴鳳樓傳天下

勝乘憁客自日邊來相逢白雪催歲曲遂有青山佐

舉盃飄泊正愁王粲賦北辰中夜起徘徊

1748년

(제10차 사행)

수사일록(隨槎日錄)

자제군관 홍경해

홍경해(洪景海, 1725~1759)의 본관은 남양(南陽), 자는 숙행(叔行). 판서 홍계희(洪啓禧)의 아들이다.

1748년 정사 홍계희(洪啓禧) · 부사 남태기(南泰耆) · 종사관 조명채(曺命采) 등 통신사 일행이 도쿠가와 이에시게(德川家重)의 습직(襲職)을 축하하기 위해 일본을 방문하였을 때, 정사 홍계희의 자제군관(子弟軍官)으로서 일본에 다녀왔다. 사행 당시 통덕랑(通德郞)이었다. 사행 도중 후쿠젠지(福禪寺)에 있는 누대 이름 '대조루(對潮樓)'를 웅혼한 필체로 썼다. 지금도 '무진년 가을 조선의 남양 홍씨 경해가 행서로 쓰다[戊辰秋朝鮮南陽洪景海叔行書]'라고 쓰인 편액이 대조루 중앙에 걸려 있다. 참고로 '대조루'라는 이름은 부친 홍계희가 지었다.

1751년 정시 문과에 병과로 급제하였고, 수찬(修撰) · 부교리(副校理) 등을 역임하였다. 이언형(李彦衡)과 김상도(金相度)의 당인이라는 이유로 관리 명단에서 삭제되기도 하였으나, 이후 서용되어 부수찬에 임명되었다가 외직인 영광안핵어사(靈光按覈御史) · 호서안집어사(湖西安集御史) · 충청도 청안안집어사(淸安安集御史) · 과천삼강어사(果川三江御史) · 경기암행어사(京

畿暗行御史) 등을 지냈다. 저서로는 사행기록인 『수사일록(隨槎日錄)』이 있다.

『수사일록』은 3권 2책으로 필사본이 서울대 규장각에 소장되어 있다. 체재는 사행원역(使行員役)과 사행일기로 구성되어 있는데, 사행원역이 7장에 걸쳐 자세하게 기록되어 있다.

사행일기는 1747년 11월 28일 출발부터 이듬해 4월 30일 오사카 도착까지가 상권, 5월 1일 오사카 출발부터 6월 12일 전명(傳命)을 마칠 때까지가 중권, 6월 13일 에도 출발부터 7월 17일 아이노시마(藍島) 출발까지의 회정기(回程記)가 하권으로 나누어져 기술되어 있다. 문견록은 따로 없으나 일본의 풍속·지리·역사·문화에 관한 풍부한 기사가 일기 속에 포함되어 있다. 특히 명승지에서 일본인 문사와 필담창화한 기사 등 문화교류에 관한 내용이 매우 풍부하다.

12월 10일

의흥(義興)에서 점심을 먹었다. 신녕(新寧)에 묵었다. 모두 90리를 갔다. 【저녁에 신녕에 도착해 환벽정(環碧亭)에 올랐다. 환벽정은 객사(客舍) 서쪽에 있다.】

11일

영천(永川)에서 묵었다. 40리를 갔다.

12일

영천에서 묵었다. 감사(監司) 남태량(南泰良)이 전례에 따라 조양각(朝陽

閣)에서 전별연을 베풀었다. 【조양각은 객사 동쪽에 있다.】

13일

(영천에서 떠나) 안강촌(安康村)에서 점심을 먹었다. 경주(慶州)에서 묵었다. 모두 100리를 갔다. 【날이 밝기 전 출발해서 길을 우회하여 옥산서원(玉山書院)에 도착하였다. 옥산서원은 회재(晦齋) 이언적(李彦迪) 선생을 배향한 곳이다. 바위에 세심대(洗心臺), 용추(龍湫) 등의 글자가 새겨져 있다고 한다. 바로 퇴계(退溪) 선생의 필적이다. 시냇가에 있는 정자의 주인은 바로 회재 선생의 서후손[庶裔]인데, 정자는 선생께서 부모님을 봉양한 곳이다.】

初十日

中火義興。宿新寧。凡九十里。【夕抵新寧, 登環碧亭, 亭在客舍西傍。】

十一日

宿永川。四十里。

十二日

留永川。監司南泰良, 用舊例, 設餞宴于朝陽閣。【閣在客舍東。】

十三日

中火安康村。宿慶州。凡一百里。【未明發行, 取迁路至玉山書院, 院祀晦齋李先生, 而巖面刻洗心臺龍湫等字云, 是退溪先生筆, 有溪亭主人, 卽先生之庶裔, 亭是先生奉親養旨之所。】

日中火板橋宿龍仁凡五十里　三十日中火陽智

宿竹山凡九十里 夕抵竹山道邊黃石植立如之□ 十二月

初一日中火無柩驛宿德面村凡七十里　初二日

宿忠州四十里　初三日宿安保驛五十里　初四

日宿閒慶四十里 登鳥嶺下里交龜設之隙龜真天 初五日中火

幽谷驛宿龍官八十里　初六日宿醴泉四十里 抵午

醴泉登快賓樓樓在客館之西 初七日中火豐山倉宿安東凡八

十里　初八日留安東 在府東五里 初九日中火

日直倉宿義城凡七十里　初十日中火義興宿新

寧凡九十里 夕抵新寧登環碧西傍 十一日宿永川四

十里　十二日留永川監司南泰良用舊例設戯宴

于朝陽閣　閣在客舍東　十三日中火安康村宿慶州元

一百里　先生未明發行取迟路至玉山書院入祀晦齋李

先生西巖西刻洗心臺龍湫等字云是退溪

廉商亭是先生即先生之所先生奉親養旨之所

十四日中火仇於

驛宿蔚山元九十里　星先發鳳凰臺歷覽鷄林瞻蔚山

金半月城石氷庫

十五日宿龍堂倉六十里兵使俞岆基循例設錢

十六日次東萊六十里　從事搜休亭非東萊府十里

臣以下具黑團領帽帶以濾海旗幟及三使前陪在龍亭之尽

敷前導動軍樂吳仅伏三行褊裨皆素鞍轡在龍

至前使奉安國書随於客府舍使三開百使臣別立於東壁仍爲府使前導

乾行四降後拜位礼陞階問上礼礼　十七日留東萊出城外拜

1763년

(제11차 사행)

해사일기(海槎日記)

정사 조엄

조엄(趙曮, 1719~1777)의 본관은 풍양(豊壤), 자는 명서(明瑞), 호는 영호(永湖)·제곡(濟谷). 1738년 생원시에 합격하였고, 음보로 내시교관(內侍敎官)을 지냈다. 1752년 정시문과에 을과로 급제, 이듬해 정언이 되었고, 이어 지평·수찬·교리·대사간·한성부우윤·공조판서 및 지방관으로 동래 부사·충청도 암행어사 등을 지냈다.

1758년 동래 부사로 재임할 때, 매년 왜인에게 주는 공목(公木)이 점차 전과 같지 않아 매번 왜인이 검사하여 규격에 맞지 않는다고 수납하지 않고 반환하는 지경에 이르렀고, 이 일로 인해 공목을 바칠 때마다 각 읍이 그 괴로움을 감당하지 못하자, 700동의 공목 내에 400동은 돈으로 환산, 각 고을로 하여금 무명 1필에 대한 대납전(代納錢)으로 2냥 3전씩 바치게 하여 각 고을의 부담을 경감시켜 주었다.

1763년 통신정사(通信正使)가 되어 부사 이인배(李仁培)·종사관 김상익(金相翊) 등과 함께 도쿠가와 이에하루(德川家治)의 습직(襲職)을 축하하기 위해 일본에 다녀왔다. 사행에 앞서 7월 24일 영조(英祖)가 조엄·이인배·김상익 등을 만나보고, 교린이 중대한 일임을 일깨우면서 칙교(飭敎)를 써서 내리기를, 약조를 어기고 조정에 수치를 끼치는 자, 기이하고 교묘한 물건을 사서 은밀히 많은 이익을 노리는 자, 일본인들과 술을 마시어 감히 나라의 법금(法禁)을 어기는 자는 모두 사신으로 하여금 먼저 목을 베고 나서 아뢰도록 하였다.

사행 중 아사쿠사(淺草) 히가시혼간지(東本願寺)에서 하야시 호코쿠(林鳳谷, 林信言)·하야시 류탄(林龍潭, 林信愛) 등과 시를 주고받았고, 그 시가 『한관창화(韓館唱和)』에 수록되어 있다. 그밖에도 오사카에서는 오에 겐포(大江玄圃)가, 에도에서는 마쓰모토 오키나가(松本興長)가 조엄에게 시를 지어주었고, 그 시가 각각 『문패집(問佩集)』과 『양동투어(兩東鬪語)』에 수록되어 있다.

1764년 7월 6일 사행에서 돌아온 뒤에 대사간에 제수되었고, 7월 8일에는 부사 이인배·종사관 김상익 등과 함께 영조의 부름을 받고 일본의 풍속과 인물에 대한 영조의 물음에 답을 하였다. 사행을 마치고 돌아올 때 쓰시마에서 고구마 종자를 가지고 와 그 보장법(保藏法)과 재배법을 아울러 보급, 구황식물로 널리 이용하게 하였다.

1770년 이조판서로 있을 때 영의정 김치인(金致仁)의 천거로 특별히 평안도 관찰사로 파견되어 감영의 오래된 공채(公債) 30여 만 냥을 일시에 징수하는 등 적폐를 해소하는 수완을 보였다. 그러나 평안도 관찰사 재임 시의 부정 혐의가 문제가 되어 재산을 탐하고 백성을 괴롭히는 대표적인 부패 관리로 지목, 평안도 위원(渭原)으로 유배되었고, 이후 아들 진관(鎭寬)의 호소로 죽음은 면하고 김해로 옮겨졌으나, 실의와 불만 끝에 이듬해 병사하였다.

1794년 좌의정 김이소(金履素)와 이상황(李相璜)의 노력으로 신원되고, 1814년 좌찬성에 추증되었다. 문장에 능하여 통신사로 일본을 내왕하며 견문한 것을 기록한 『해사일기(海槎日記)』를 남겼다.

『해사일기』는 총 5권으로 이루어져 있으며 『해행총재(海行摠載)』에 실려 있다. 『조제곡일기(趙濟谷日記)』라고도 칭한다. 조엄이 정사로서 사행에 나섰던 1763년 8월부터 이듬해 7월까지 1년여의 기록이다. 크게 「일기」·「수창록(酬唱錄)」·「서계(書契) 및 예단(禮單)」·「저들과 주고 받은 글[與彼人往復文字]」·「장계(狀啓) 및 연화(筵話)」·「제문(祭文)」·「원역 (員役)을 효유한 글 및 금약조(禁約條)」·「일공(日供)」·「사행 명단 및 노 정기(路程記)」·「일본통신사의 행차에서의 제반 군령[日本通信使行次諸般 軍令]」 등으로 구분할 수 있다.

특기할 내용으로 일본과의 사행 내력을 소개했는데, 사신 명칭의 변 혁, 통신사에 대한 조정의 예우 등을 비교적 상세히 서술하였다. 고구마 를 두 번이나 구입해 부산진에 심게 하고 그 저장법을 자세히 소개했으 며, 쓰시마와 일본지도를 모사하게 하였다. 왜어물명(倭語物名)이 적힌 책의 오류를 역관에게 바로잡게 했으며, 무자위와 물방아의 제도를 자 세히 살펴 그리도록 하였다. 돌아오는 길에 수행원 최천종(崔天宗)이 쓰 시마인 스즈키 덴조(鈴木傳藏)에게 피살된 사건이 발생하였다. 스즈키 덴조를 현지에서 처형하고 피살자의 장례 절차를 모두 기록하여 본가에 전하도록 하였다.

「수창록」은 저자의 시를 비롯하여 부사·종사관·제술관·서기·군관 (軍官)의 시와 이들과 화답한 시 300여 수를 수록했으며, 대부분 경치의 완상, 도학적 정신을 내용으로 하고 있다. 「서계 및 예단」은 조선국왕이 일본대군(日本大君)에게 보낸 서계와 일본관백(日本關白)이 조선국왕에 게 회답한 글 등 14통, 양국 간에 주고받았던 공사예단(公私禮單)의 품목 과 수량, 그리고 사행 및 수행원에게 나누어준 명세서로 되어 있다. 왜인과 주고받은 글에는 조선 사행이 일본에 체재하는 동안 주로 쓰시마 도주 등과 주고받은 필담이다. 「연화」는 귀국 후 연석(筵席)에서 사행을 비롯해 군신 간에 있었던 대화이다. 「제문」은 해신(海神)·선신(船神)에 대한 제사와 최천종 제사 때의 글이다.

그리고 원역에게 효유한 글 10조, 금약조(禁約條) 15조, 일본에서 우리 사행에게 공급하던 물목 및 그 수량, 사행 명단 및 노정기의 군령(軍令)이나 열선도(列船圖), 배의 방위를 표시한 행로방위(行路方位) 등이 수록되어 있다.

8월 15일(기해)

맑음. 신녕(新寧)에서 묵었다.

새벽에 세 사신 및 일행이 관복(冠服)을 갖추어 입고 망궐례(望闕禮)를 행하였다.

낮에 의흥현(義興縣)에서 휴식하였다. 그 고을 수령 김상무(金相茂)와 성주 목사 한덕일(韓德一)이 알현하러 들어왔다.

저녁에 신녕현에 이르니, 고을 수령 서회수(徐晦修), 군위 현감 임용(任瑢), 성현 찰방 임희우(任希雨), 지례 현감 송부연(宋溥淵)이 만나러 왔다. 순영(巡營)의 장교(將校)와 이서(吏胥) 오륙십 명이 만나러 왔다.

이날은 90리를 갔다.

16일(경자)

맑음. 영천(永川)에서 묵었다.

도백(道伯 관찰사) 김상철(金相喆)이 만나러 와서는 이어 조양각(朝陽

閣)에서 전별연을 베풀었으니 관례이다. 내가 비록 상중(喪中)이나 가지 않을 수 없었기 때문에 풍악을 울리고 잔칫상을 받을 때엔 방안으로 피해 들어갔다. 반나절 감사와 세 사신이 이야기를 나누었다. 이는 영남에서의 성대한 모임이므로 관광하는 사람이 거의 만으로 헤아렸다.

고을 수령 윤득성(尹得聖), 칠곡 부사 김상훈(金相勛), 함양 부사 이수홍(李壽弘), 청도 군수 이수(李琇), 개령 현감 박사형(朴師亨), 장수 찰방 이명진(李命鎭), 소촌 찰방 박사복(朴師宓), 송라 찰방 남범수(南凡秀), 안동 부사가 따라왔다. 경주 부윤 이해중(李海重)이 만나러 왔다.

이날은 40리를 갔다.

17일(신축)

맑음. 경주에서 묵었다.

낮에 모량역(毛良驛)에서 쉬는데, 영일 현감 조경보(趙慶輔), 하양 현감 이귀영(李龜永), 청도 군수 이수(李琇)가 보러 왔다.

저녁에 경주에 들어갔다. 고을 수령 이해중(李海重)이 안동(安東) 시관 (試官)이 되어 관아에 없었으므로, 아쉬웠다. 영장(營將) 홍관해(洪觀海)가 알현하러 들어왔다.

이날은 80리를 갔다.

十五日己亥

晴。次新寧。○曉與三使及一行, 具冠服, 行望闕禮。晝憩于義興縣。主倅金相茂、星州牧使韓德一, 入謁。夕到新寧縣。主倅徐晦修、軍威縣監任瑢、省峴察訪任希雨、知禮縣監宋溥淵, 來見。巡營將校、吏胥五六十人, 來見。是日行九十里。

十六日庚子

晴。次永川。○道伯金台相喆來見, 仍設餞宴於朝陽閣上, 例也。余雖帶服制, 不可不往赴, 故擧樂受床時, 避入房中, 半日與巡相三使打話。蓋是嶺南盛會, 觀光殆以萬數。主倅尹得聖、漆谷府使金相勛、咸陽府使李壽弘、淸道郡守李㻑、開寧縣監朴師亨、長水察訪李命鎭、召村察訪朴師宓、松羅察訪南凡秀、安東府使隨來、慶州府尹李海重, 來見。是日行四十里。

十七日辛丑

晴。次慶州。○晝憩于毛良驛。迎日縣監趙慶輔、河陽縣監李龜永、淸道郡守李㻑, 來見。夕入慶州。主倅李海重, 以安東試官, 不在官, 可恨。營將洪觀海入謁。是日行八十里。

意爲余以不才今膺異域奉使之　命苟或先於

女色上面意則非但愼疾之犯戒將何以淸心寡

欲酬應使事以此財色兩事必砍斷袪私意以爲

尊心於職仕之地未知可能守此戒否也

十四日戊戌晴次義城

晝態于一直站靑松府使柳健英陽縣監李彦蓋

來見夕宿義城縣主倅金相聖入見是日行七十

里

十五日己亥晴次新寧

曉興三使及一行具冠服行望　闕禮晝態于義

興縣主倅金桿臨星州牧使韓德一八謁夕到新

寧縣主倅徐臨修軍咸縣監任瑢省現察訪仕希

雨知禮縣監宋溥淵來見巡營將校吏晉五六十

人來現是日行九十里

十六日庚子晴次永川

道伯金台相喆來見仍設餞宴於朝陽閣上例也

余雖帶眼制不可不进故舉樂受床時避入房

中半日與巡相三使打話盖是嶺南盛會觀光殆

以萬數主倅尹得聖茶谷府使金相勛咸陽府使

李壽弘清道郡守李坊開寧縣監朴眛亨長水察

訪李命鎭呂材寮訪朴師宓松羅寮訪南兄秀安

東府使題來慶州府尹李海重來見甚日行四十

里

十七日辛丑晴次慶州

晝憩于毛良驛迎日縣監趙慶輔河陽縣監李龜

永清道郡守李埁來見夕入慶州主倅李海重以

安東試官不在官可悵營將洪觀海入謁是日行

八十里

十八日壬寅晴次蔚山

晝憩于仉於驛蔚海府使金養心清河縣監崔昌

10월 1일(갑신)

비가 뿌리고 종일 서남풍이 불었다. 부산에 체류하였다.

새벽에 망궐례를 행하였다. 명을 받고 국경에 나온 지 달이 이미 두 번이나 바뀌었으나 여전히 이렇게 체류하고 있으니, 바람이 순조롭지 않기 때문이다. 대마도는 부산의 정남쪽에서 사방(巳方 남남동)에 위치하고 있으므로 북풍을 만나면 곧장 갈 수 있으나, 전후 통신사의 행차가 반드시 동북풍을 받고 건넌 것은, 비스듬히 부는 순풍(順風)이 곧장 가는 순풍보다 훨씬 더 편하기 때문이다.

요사이 날씨는 찌는 듯하고 바람 방향이 일정하지가 않아서, 한밤중에는 북풍이 부는 듯하다가 아침에는 서풍이 되고 오전에는 남풍이 되어 미친 듯이 어수선하여 믿을 수가 없다. 이런 바람에 어떻게 5백 명이 탄 6척의 배를 경솔하게 띄울 수 있겠는가? 종전부터 통신사 행차가 부산에서 체류한 것이 역시 이렇기 때문에 그런 것이다. 오래 빈일헌(賓日軒)에 체류하니 근심스럽고 울적하여 〈후풍사(候風詞)〉 절구(絶句) 한 수를 지어 종사관과 제술관·서기관에게도 수창(酬唱)할 것을 청하였다.

영천 군수 윤득성(尹得聖), 성현 찰방 임희우(任希雨)가 만나러 왔다.

이번 행차의 일행이 거의 5백 명에 가까워 거듭 약조를 분명하게 하지 않을 수 없기 때문에, 전후 통신사 행차 때에 금제(禁制) 조항을 가져다가 상고하여, 번거로운 점은 삭제하고 미비한 점은 보충하여 하나로 합쳐 통일된 문장을 만들고 '금제조(禁制條)'·'약속조(約束條)'라 명명하였다. 각색(各色)의 원역들에게 일러주고 또 언문으로 써서 모든 노졸(奴卒)에게 배포하여 처음부터 죄를 범하지 않게 하였으나, 어찌 실효가 있기를 바라겠는가? 양조(兩條)는 아래에 있다.

十月

初一日甲申

灑雨終日西南風。留釜山。○曉行望闕禮, 受命出疆, 月已再易, 尙此淹留, 蓋因風勢之不順。馬島在釜山之巳方, 得北風可以直指, 而前後信行之必渡東北風者, 以其橫順之安穩, 有勝於直指之順風故也。近來日氣蒸鬱, 風頭無常, 半夜以後, 則似有北風, 平朝而西, 未午而南, 顚狂胡亂, 不可取信, 如此風勢, 何可輕發五百人同乘之六舟乎? 從前信行之滯留釜山, 蓋亦如是而然。久滯賓日軒, 愁鬱頗切, 作候風詞一絶, 要從事官製述書記之唱和。永川郡守尹得聖、省峴察訪任希雨, 來見。今此一行, 殆近五百人, 不可不申明約束, 故取考前後信行時禁制條, 刪其煩文, 補其未備, 合成一統文字, 名之曰禁制條約束條。曉諭於各色員役, 又以諺書, 下布於諸般奴卒, 俾不至於初不犯罪, 而何望其有實效也? 兩條在下。

篠送鷹馬缸轉漂機張境倭沙工再次誤占頗有

無聊之色云矢

二十八日壬午晴留釜山

二十九日癸未晴留釜山

十月初一日甲申灑雨終日西南風留釜山

曉行聖　闕禮受　命出鷄月己再易尚此淹留

蓋因風勢之不順馬島在釜山之巳方得業風可

以直指而前後信行之必渡東業風者以其横順

之安穩有勝於直指之順風故也近來日氣兼霽

風頭無常半旬以後則似有業風平朝而西未午

而南顚狂胡亂不可取信如此風勢何可輕發五
百人同乘之六舟乎以前信行之滯留釜山蓋亦
如是而然久滯賓日軒悲鬱頗切作使風詞一絶
要涉事官製述書記之唱和永川郡守尹得聖者
睍察訪任斋兩來見今此一行殆近五百人不可
不申明約束故取考前後信行時禁制條例剛其頻
文補其未備合成一統文字名之曰禁制條約束
條曉諭於各色員役反以讀書下布於諸般奴卒
俾不至於初不犯罪而何望其有實效也 兩條在下

初二日 乙酉晴西南風留釜山

일관기(日觀記) · 일관시초(日觀詩草)

제술관 남옥

남옥(南玉, 1722~1770)의 본관은 의령(宜寧), 자는 시온(時韞), 호는 추월(秋月). 1753년 계유정시문과(癸酉庭試文科)에 병과 4등으로 합격하였다. 1762년 조재호(趙載浩)의 옥사에 연루되어 유배되었으나, 그 해 8월에 좌의정 홍봉한(洪鳳漢)의 주청으로 유배에서 풀려났다.

1763년 정사 조엄(趙曮) · 부사 이인배(李仁培) · 종사관 김상익(金相翊) 등 통신사 일행이 도쿠가와 이에하루(德川家治)의 습직(襲職)을 축하하기 위해 일본을 방문하였을 때, 제술관으로서 사행에 참여하였다.

1764년 귀국 후 일본에서의 견문을 기록한 사행록『일관기(日觀記)』와 수많은 일본문사들에게 화답한 시를 모은『일관창수(日觀唱酬)』및 사행 중 사행원들과 수창한 시들을 정리하여 엮은『일관시초(日觀詩草)』등 방대한 저술을 남겼다.

사행에서 돌아온 직후 수안 군수(遂安郡守)에 임명되었다. 1770년 최익남(崔益男)의 옥사 때 이봉환(李鳳煥)과 친하다고 하여 투옥되어 5일만에 매를 맞아 죽었다.

김창흡(金昌翕)과 육유(陸游)의 시풍을 추종하였고 서정성이 강한 시를 지었으며, 문장은 당송(唐宋) 고문(古文)의 영향을 많이 받았다. 저서로 위에 열거한 책 외에도 『할반록(割胖錄)』이 있다.

『일관기』는 8권 4책으로, 필사본이다. 춘(春)·하(夏)·추(秋)·동(冬) 총 4책 8권으로 구성되어 있다.

제1권에는 사례(事例)·원액(員額)·반전(盤纏)·복정(卜定)·마문(馬文)·사연(賜宴)·서계식(書契式)·전명식(傳命式)·수회답식(受回答式)·연향(宴享)·치제(致祭)·문안(問安)·여마(輿馬)·마도예사(馬島例賜)·좌목(座目) 등 사행의 구성과 절차가 수록되어 있다. 제2권에는 노정(路程)·승선(乘船)·하륙(下陸)·분로(分路) 등 가는 길과 돌아오는 길이 수록되어 있다. 제3권에는 서계(書契)와 증수(贈酬) 등이 수록되어 있다. 제4권에는 공대(供待)와 창수제인(唱酬諸人)이 수록되어 있다. 이상은 춘책(春册)에 속한다.

하책(夏册)과 추책(秋册), 그리고 동책(冬册)의 전반부에는 1763년 8월 조정을 하직한 날로부터 이듬해 1764년 7월 8일 복명(復命)한 날까지의 사행을 일기 형식으로 기록하였다.

동책의 후반부에는 폭원(幅員)·산수(山水)·각주(各州)·황제(皇系)·원계(源系)·관제(官制)·부세(賦稅)·병제(兵制)·물산(物産)·궁실(宮室)·신불(神佛)·학술(學術)·문장(文章)·서화(書畫)·인장(印章)·서책(書册)·의약(醫藥)·형신(刑訊)·관금(官禁)·금화(禁火)·의복(衣服)·음식(飮食)·시사(市肆)·주즙(舟楫)·여색(女色)·남요(男妖)·관혼상제(冠婚喪祭)·음역(音譯)·사마(使馬)·농업(農業) 등 일본에 대해 알아야 할 모든 것들을 소개한 총기가 수록되어 있다.

『일관기』에는 일본에 관한 정보가 총체적으로 기록되어 있고, 특히 역대 통신사 파견 역사와 500명에 이르는 조선 측 수행원 명단은 물론 조선 문사와 수창한 일본 문사들의 명단까지 상세히 밝혀두고 있다. 현재 국립중앙도서관에 소장되어 있다.

『일관시초』는 2권 2책으로 필사본이다. 남옥이 사행 노정에 일어난 감흥을 읊은 시와 사신과 서기를 포함한 사행원들과 주고받은 시 및 일본 문사들에게 지어준 시 등을 귀국 후 정리하여 『일관시초』로 엮었다. 상권과 하권 2권으로 구성되어 있는데, 상권에는 640여 수가 수록되어 있고, 하권에는 510여 수가 수록되어 있어, 총 1,150여 수 가량의 시가 수록되어 있다. 조선에서 지은 시가 280여 수 가까이 되고 나머지 870여 수 정도는 일본에서 지은 시이다.

상권에는 한강부터 일본 가마가리(鎌刈)에 이르는 동안 지은 시를 수록하였고, 하권에는 다다노우미(忠海)로부터 에도에 이르는 동안과 다시 에도부터 조선으로 돌아오는 노정에서 지은 시를 수록하였다. 사행 도중 개인서정을 읊은 시가 주를 이루는 가운데 역사적 사건을 노래한 시·일본의 명승지나 풍속 풍광 등을 묘사한 시·우국충정을 노래한 시·고국에 대한 그리움을 읊은 시·벗을 그리워하며 지은 시 등이 있다. 대체적으로 시간의 흐름과 장소의 이동에 따라 시가 순차적으로 수록되어 있다. 현재 국립중앙도서관에 소장되어 있다. 영천에서 지은 시 2수가 실려 있다.

8월 15일(기해)

새벽에 망궐례를 행했다. 반열은 종사공 아래였다. 서기, 역관, 의원, 사자관, 화원이 차례대로 위치로 나왔다. 본관 김상성, 유곡 찰방, 창락 찰방 강정하가 서쪽 뜰에서 참여하였다. 본관과 잠시 얘기를 나누었다.

정오에 의흥현에 머물렀다. 성주에서 지대하였다. 성주 현감 김상무와 얘기를 나누었다.

저물기 전에 신녕에 도착했다. 본현에서 지공했다. 신녕 현감 서회수, 장수 찰방 이명진이 만나러 왔다.

밤에 환벽정에 올라 노래를 들었다. 정자는 관아 가운데 시냇가에 있다. 푸른 벼랑에 대나무와 나무가 덮여 깨끗하여 즐길만했다. 월색이 몽롱한 것이 한스러웠다. 게다가 새벽에 일어날 것이 걱정되어 오래 앉아있을 수 없었다. 이날 90리를 갔다.

16일(병자)

횃불을 들고 길을 떠나 늦게 영천에 도착했다. 본군에서 지공했다.

바다를 건널 하인, 급창, 통인, 나장, 취수 등속이 일행을 맞이하고 알현했다. 의복이 선명하였는데 어릿어릿하여 가소로웠다. 관찰사 김상철 대감이 구례에 따라 일행을 전별하려고 먼저 도착해 조양각에 자리를 마련하였다. 조양각은 너른 시내에 있었는데 안계가 매우 확 트인 데다 정자 역시 널찍했다.

먼저 마상재의 시연을 구경하였다. 관찰사는 서쪽 벽에, 사신은 동쪽 벽에 앉았다. 나는 그 다음이었고 세 서기가 순서대로 앉았다. 정사의 전별연은 개령에서 제공하고, 부사의 전별연은 안음에서 제공하고, 종사관의 전별연은 칠곡에서 제공하고, 관찰사는 창녕에서 제공하니, 전례이다. 군관 이하는 당이 좁아서 줄지어 앉을 수 없었으므로 나누어 접대하였다.

음악은 경주와 안동에서, 기녀는 겸하여 의성과 영천에서 준비하였다. 전별 자리에서 해람가(海纜歌)를 들으니 갑자기 망연한 근심이 생겨나 즐거움이 가셨다. 소촌 찰방 박사복, 송라 찰방 남범수가 만나러 왔다.

월색이 매우 아름다워, 다시 사집[성대중]과 조양각에 올라 시를 지으며 기녀를 구경했다. 이날 40리를 갔다.

17일(신축)

추분이다. 다시 관찰사를 만나 작별하였다.

정오에 모량역에 머물렀으니 경주 땅이다. 대구에서 지공했다.

포시[오후 4시경] 경주에 들어갔다. 산천이 빼어나고 밝으며 풍기가 광막하여 천년 고도임을 알 만했다. 각간 김유신의 묘에 들러 절하였다. 하마릉이라 하는데, 산만큼 높아 완연히 기련산을 본 뜬 것이다. 난간석 40여 주로 둘려있었다. 왼쪽에 짧은 비갈이 세워져있었는데, 부윤 남지훈이 기록한 것이다. 경주부 관아 일승정을 보니 넓고 아름다워 관아 가운데 으뜸이 될 만하였다. 본부에서 지공하였다. 이날 80리를 갔다.

十五日己亥

曉行望闕禮, 班在從事公下。書記、譯醫、寫畫, 以次就位。本官金相聖、幽谷丞、昌樂丞康正夏, 參於西庭。與本官小話。午站義興縣, 星州支待, 話主倅金相戌。未暮抵新寧, 本縣支供。主倅徐晦修、長水丞李命鎭, 來見。夜上環碧亭聽歌, 亭在衙中溪上, 蒼壁竹樹, 蔭翳瀟灑, 可喜。恨月色朦朧, 且怯晨興, 不能久坐。是日行九十里。

十六日丙子

張炬啓行, 晩到永川, 本郡支供。渡海下人、吸唱、通引、羅將、吹手之屬, 迎謁一行, 衣服粲粲, 癡獃可笑。道伯金台尙喆, 以舊例餞行, 先到筵於朝陽閣。閣臨平川, 眼界甚豁, 軒檻亦敞。先觀馬上才試藝, 方伯西壁, 使臣東壁, 余在次三書記序坐, 正使餞開寧供之, 副使餞安陰供之, 從事餞漆谷供之, 方伯昌寧供之, 例也。軍官以下, 堂狹不能列坐, 別以供之。樂則慶州安東, 妓則兼義城永川也。對祖帳聽纜歌, 頓生雲海茫然之愁, 令人失歡。召村丞朴師宓、松蘿丞南凡秀, 來見。月色甚佳, 復與士執上樓, 賦詩觀妓。是日行四十里。

十七日辛丑

秋分。復見方伯作別。午站牟良驛, 卽慶州地, 大丘支供。晡入慶州, 山川秀朗, 風氣廣漠, 可知爲千年故國。歷拜金角干庾信墓, 稱下馬陵, 峩如山丘, 宛象祁連, 環以欄楯石四十餘柱, 左樹短碣, 府尹南至熏所紀。觀府衙一勝亭, 宏麗可爲官廨之甲。本府支供。是日行八十里。

之未薺是日行七十里

十五日己晩行至　關禮近在從事公下書記譯醫

寫畵以次就位本官金相聖佐谷丞昌樂丞康正

夏秦於西庭與本官小話午站戎興縣昆州支待

話主倅金相戌未來抵新寧本縣支供主倅徐晦

修長水丞李命熊來見夜上課君學在衙中漢上

蒼藥呀樹蔭萬萬酒可嘉恨月色膿瓏且澈晨行

不能久坐是日行九十里

十六日庚子張炡啓行晩到永川本郡支供渡海下人

吸喝通引羅將吹手之屬迎訝一行永眅縈縈巖

鼓可笑道伯金台尚喆以爲例餞行先到筵於朝

陽閣閤臨平川眼景甚露軒檻亦敞先觀馬上才

試藝方伯西壁使臣東壁余在次三書記序坐正

使餞開寧供之副使餞安陰供之從事餞漆谷供

之方伯昌寧供之例也軍官以下堂狹不能列坐

別以供之樂則慶州安東妓則義城永川也對

祖帳聽纓歌頓生雲海茫然之懷今人失歡召村

丞朴師宓松蘿丞南尾秀來見月色甚佳復與士

軌上樓賦詩觀妓是日行四十里

十七日辛丑秋分復見方伯作別午站午良驛即慶州

地大丘支供晡入慶州山川秀朗風氣廣漢可知

篇千年故國歷拜金角干庾信墓梯下馬陵歟如

山立宛象祁連還以欄楯石四十餘柱左棷短碼

府尹南至熏府紀觀府衙一勝亭宏麗可為官廨

之甲本府支供是日行八十里

十八日壬備半月城瞻星臺下午站仇坮驛亦慶州

地盈德支供寧海府使金養心薰管来見歷登左

兵營南樓海邑菇淼帆檣出沒使人有眇眇愁子

之歎抵巇山本府支供兵使申光翼夜餞一行各

送饌盤是日行九十里

○ 신녕 환벽정 중추야에 함께 노닐던 영호루 운을 차운하다

흐르는 물 높은 난간 밤 되니 냉기 많고	流水危欄夜冷多
대와 오동 소리와 그림자 고요함을 더하네	竹梧聲影靜相加
높은 구름 모두 신라국을 향하고	高雲盡向新羅國
밝은 달 홀로 태수 집에 걸렸네	明月孤懸太守家
병드니 주는 밥 질려 바다 귤을 먹고	病厭廚供啖海橘
울적해 기생에게 산유화 부르게 하네	悶敎歌妓唱山花
풀벌레 벽 가득하고 남쪽 기러기 급히 나니	草蟲滿壁南鴻急
형제는 먼 곳에서 외국 가는 사신 배 얘기하리	兄弟遙應說遠槎

○ 조양각에서 배푼 관찰사의 전별연에서 현판에 있는 포은의 동사 운을 차운하다

조양각 밖으로 물이 서쪽으로 감돌고	朝陽樓外水西廻
남쪽 고장 감당 그늘에서 전별연이 열렸네	南國棠陰祖帳開
맑은 시내 가을 바람 의장기 아래 있고	淸溪秋風幢節下
신라의 옛 군에 관현 소리 왔구나	新羅故郡管絃來
목란배는 다투듯 돛 다는 노래 부르고	蘭橈競唱懸帆曲
고운 음식은 사신 전송하는 술에 어울리네	綺饌還當上馬盃
눈 멀리 떠 바라보니 바다와 산 푸름 끝이 없고	極目海山靑未了
화려한 난간에 해 지니 다시 서성거리네	畵欄斜日更徘徊

新寧環碧亭中秋夜次同遊暎湖樓韻

流水危欄夜冷多, 竹梧聲影靜相加。高雲盡向新羅國, 明月孤懸太守家。病厭廚供啖海橘, 悶敎歌妓唱山花。草蟲滿壁南鴻急, 兄弟遙應說遠槎。

朝陽閣方伯餞筵次板上圃隱東槎韻

朝陽樓外水西廻, 南國棠陰祖帳開。清溪秋風幢節下, 新羅故郡管絃來。蘭橈競唱懸帆曲, 綺饌還當上馬盃。極目海山靑未了, 畵欄斜日更徘徊。

濟谷

廻目高標一鳥道萬峯挺拔劈陰陽　聖朝設險元無用觀國隆都德與長

雲川

縣空細路劇羊膓倒神千崖掛夕陽若使一天先據險當時容見藏行長

石退石

韶州用李白鳳臺韻

何王間國鳳來遊鴻爪微茫洛水流莫語虞韶儀鳳樂空省丹穴艷鄉丘秋

梧自下當實閑朝日初生暗鵾洲我亦九成臺下佳慈雲千疊動鄉愁

和子才登湖韻奉金士安

百年俱失路萬里共悲秋碩有連杯喜時忘去國懷湖閒悵夢伴

海嶠宿緣浮越々無相遠詩感到廬樓

新寧琢碧亭中秋夜次同避暎湖樓韻

流水危橋夜冷多竹梧聲影靜如高堂畫角新羅國明月孤懸太守家

病眼厨供疾海橋問教歌妓唱山花吥蟲滿壁南湖慈兄弟道應挽遠樓

朝滿閣方伯低筵范次板上圓隱東樓韻

朝陽樓外水西迴南圓雲陰祖帳開清漢秋風喤簫下新羅故郡管絃來喧關

桃槐唱罷帆由綺鎮迎當上馬至從目海山青永了西欄斜日更遲回

閑夜雜味

江城月出動清愁王檻干渡夕洲休唱陽關腸斷曲嶺南猶是故鄉樓

佳人憤送日東世齊唱畫飛錦帆戀唱到滄波何日返一時悵恨向秋天

湘裾六幅錦纏頭不解多情八解愁若到明朝應下淚青山萬里是萊州

繊楊柳辭嫩蹙歌南浦其如送別何悵敢留歟不佳縜簾西畔倒星河

入慶州

南紀雲烟日陰馮遊秋色滿鷄林王家霸氣山河實故國遺音女妓琴致

일본록(日本錄)

서기 성대중

성대중(成大中, 1732~1809)의 본관은 창녕(昌寧), 자는 사집(士執), 호는
용연(龍淵)·청성(靑城). 실학자 성해응(成海應)의 부친. 1753년에 생원이
되었고, 1756년에 정시문과에 병과로 급제하였다.

서얼이라는 신분적 한계로 인해 벼슬길에 오르지 못할 처지였으나,
영조의 탕평책과 서얼통청운동(庶孽通淸運動)에 힘입어 1765년 청직(淸
職)에 임명되었고, 뒤에 흥해 군수(興海郡守)가 되어 목민관으로서 선정
을 베풀기도 하였다.

1763년 정사 조엄(趙曮)·부사 이인배(李仁培)·종사관 김상익(金相翊)
등 통신사 일행이 도쿠가와 이에하루(德川家治)의 습직(襲職)을 축하하기
위해 일본을 방문하였을 때, 정사서기(正使書記)로서 사행에 참여하였다.
오사카에서 관상가(觀相家) 유구치 다메미쓰(湯口爲光)에게 관상을 보았
고, 이때 나눈 필담과 관상가 아베 마토(椛馬東)가 그린 초상화가 『한객인
상필화(韓客人相筆話)』에 수록되어 있다.

이듬해 1764년 4월 11일, 오사카에서 피살된 상방(上房) 도훈도(都訓
導) 최천종(崔天宗)의 넋을 위해 「최천종의 영구(靈柩)를 보내는 제문」을

지었다. 1800년 5월, 이전 계미통신사행 때 정사로 일본에 다녀온 조엄(趙曮)의 사행록 『해사일기(海槎日記)』에 대해 서문을 지어주었다.

학맥은 노론 성리학파 중 낙론계(洛論系)에 속하였고, 당시 부각된 북학사상(北學思想)에 관심을 갖고 홍대용(洪大容)·박지원(朴趾源)·이덕무(李德懋)·유득공(柳得恭)·박제가(朴齊家) 등의 북학파와 교유하였다. 저서로는 일본 사행기록인 『일본록(日本錄)』과 문집 『청성집(靑城集)』이 있다.

『일본록』은 총 2책으로 되어 있으며, 고려대학교 중앙도서관에 소장되어 있다.

1책은 「사상기(槎上記)」라는 소제목 하에 1763년 8월 3일에 입궐하여 영조에게 출발을 고하고 떠날 때부터 다음해인 1764년 7월 10일 조정에 돌아와 복명할 때까지의 과정을 일기형식으로 기록해 놓았다. 이 일록을 통하여 통신사행의 국내에서의 행로와 일본에서의 왕복행로 등 여행과정을 파악할 수 있으며, 일본으로 떠나기 직전인 9월 8일에는 필자의 집례(執禮)로 해신제(海神祭)를 거행했다는 기록도 있다. 「서일본이재자사(書日本二才子事)」는 1765년에 쓴 글이다. 일본에서 만난 대조적인 두 인물 가메이 난메이(龜井魯)와 나하 로도(那波魯堂)를 대비하였다.

2책은 「일본록」과 「청천해유록초(靑泉海遊錄鈔)」로 이루어져 있다. 「일본록」은 일본의 지형과 역사, 제도와 풍속 등에 대해서 견문한 바를 자유롭게 서술한 글이다. 「청천해유록초」는 신유한(申維翰)의 『해유록(海游錄)』가운데 「문견잡록(聞見雜錄)」을 발췌한 것이다. 일본의 봉역(封域)·산수·천문·물산·의복 및 각종 제도, 언어·문학·이학(理學)·불교·풍속 등을 기술하였다. 특히, 외속항(外俗項)에 일본의 네덜란드 등 서양과의 통상관계를 기록하였다.

계미년 8월

15일(기해)

맑음. 50리를 가서 의흥(義興)에서 점심을 먹었다. 성주(星州)에서 지공하였다. 또 40리를 가서 신녕(新寧)에서 묵었다. 본현에서 지공하였다. 잠시 장수(長水) 우관(郵館, 역참 객사)에 갔다.

16일(경자)

맑음. 새벽에 출발하여 40리를 가서 영천(永川)에 도착하였다. 본군에서 지공하였다.

영남 관찰사 김상철(金尙喆)공이 조양각(朝陽閣)에 와서 전별연(餞別宴)을 베풀었고, 개령(開寧)·안음(安陰)·칠곡(柒谷)에서 잔칫상을 나누어 준비하였으며, 안동(安東)·의성(義城)·경주(慶州) 및 본현의 기생과 악공이 모두 조양각에 모였다. 객사는 본래 넓고 탁 트인 곳으로 이름이 있었으나, 잔칫상이 사방에 우뚝 솟아 있어서 앉아 있는 사람들이 겨우 얼굴만 보였다. 네 명의 사객(詞客, 제술관과 세 서기)만 연회에 참석하였으니, 자리가 좁았기 때문이었다.

앞 두둑에서 마상재(馬上才)를 관람하는데, 구경하는 사람들이 인산인해를 이루었으니, 여러 도에서 다 몰려왔기 때문이다.

포은(圃隱, 정몽주)의 시에 차운하였다. 밤에 시온(時韞, 남옥)과 염체(廉體) 절구(絕句)를 지었다.

17일(신축)

맑음. 60리를 가서 모량(毛良)에서 점심을 먹었는데, 대구(大丘)에서 지공하였다. 각간총(角干塚)을 들렀다. 김유신(金庾信)이 묻힌 곳이다. 상을 세운 것이 왕릉과 비슷하였으니, 신라인들이 공 있는 이에게 상을 주는 것이 이와 같다. 남쪽으로는 교활한 왜구(倭寇)를 물리치고 북쪽으로는 고구려와 백제를 병합한 것에 마땅하니, 이 때문에 말에서 내린다. 오랫동안 서성거렸다.

20리를 가서 경주에서 묵었다. 본주에서 지공하였다. 늙은 기생 비점(翡點)과 영매(英梅)가 만나러 왔다. 비점의 노래와 영매의 거문고는 모두 이번 여정의 으뜸이었다. 영매는 청천(靑泉) 신유한(申維翰)이 사랑했던 기생인데, 신유한의 시를 아직도 상자 속에 간직하고 있었다.

十五日己亥

晴。行五十里。午炊義興, 星州供。又行四十里, 宿新寧, 本縣供。
暫往長水郵館。

十六日庚子

晴。曉發, 行四十里, 抵永川, 本郡供。嶺伯金公相喆來, 餞於朝陽
閣, 開寧、安陰、漆谷, 分具宴床, 安東、義城、慶州及本縣妓樂, 皆
聚館宇, 素稱寬敞, 而宴床四峙, 坐者僅見其面, 獨四詞客與宴, 以坐
窄也。閱馬上才於前陌, 觀者如海, 數道畢集。次圃隱詩。夜與時韞,
賦艶體絶句。

十七日辛丑晴

行六十里。午炊毛良, 大丘供。歷角干塚, 金庾信葬也。像設擬於王
陵, 新羅之賞功如此, 宜其南斥狡倭, 北幷麗濟也, 爲之下馬, 低徊久
之。行二十里, 宿慶州, 本州供。老妓翡點、英梅來見, 點歌梅琴, 俱一
路之最也。梅則申靑泉維翰所眄也, 申詩猶在其篋。

松供宿義城本縣供

十五日己发晴行五十里午炊義興星州供又行四

十里宿新寧本縣供暫住長水驛弼

十六日庚子晴晚發行四十里抵永川本郡供藏伯

金公瀁來餞於朝陽閣閣于安陰添谷分與宴床

安東義城慶州及本縣妓樂皆聚雜宇素構寬敞而

宴床四峙坐者菫見其面稍四詞客與宴以坐窄也

閒馬上才於前陌觀者如海數道畢集次圉隱持炬

與時題賦艶體絶句

十七日辛丑晴行六十里午炊毛良大丘供歷南千

塚金庾信藪也像設擬於王陵新羅之賞功如此宜

其南斥堠倭址弃麗溝也為之下馬低徊久之行二

十里宿慶州本州倅老妓翡歗英梅来見歗歛梅琴

俱一路之最也梅則申青泉維翰所眄也申詩猶在

其簾

十八日壬寅朝大霧行五十里午炊仇於輝區德倅

又行三十里宿蔚山本邑倅

十九日癸卯晴行六十里宿龍塘內倉梁山倅

二十日甲辰晴行四十里午憩十休亭從事官搜鈴

一行有禁拓則罪之宿東菜本府倅

승사록(乘槎錄)

서기 원중거

원중거(元重擧, 1719~1790)의 본관은 원주(原州), 자는 자재(子才), 호는
현천(玄川)·물천(勿天)·손암(遜菴). 1705년 사마시(司馬試)에 급제하였고,
장흥고(長興庫) 봉사(奉使)를 맡았다.

1763년 정사 조엄(趙曮)·부사 이인배(李仁培)·종사관 김상익(金相翊)
등 통신사 일행이 도쿠가와 이에하루(德川家治)의 습직(襲職)을 축하하기
위해 일본을 방문하였을 때, 성대중(成大中)·김인겸(金仁謙)과 함께 서기
(書記)로 발탁되어 일본에 다녀왔다. 사행하는 동안 일본 문사들과 교유
하는 한편 그들과 시문을 주고받고 필담을 나누었다. 사행의 경험을 바
탕으로 일기(日記) 형식의 사행록인 『승사록(乘槎錄)』과 일본 문화 전반
에 대해 상세히 기술한 『화국지(和國志)』를 저술하였다.

1771년에 송라 찰방(松羅察訪)을, 1776년에는 장원서(掌苑署) 주부(主
簿)를 지냈고, 뒤에 목천 현감(木川縣監)을 지냈다. 1789년 이덕무(李德
懋)·박제가(朴齊家) 등과 함께 『해동읍지(海東邑誌)』 편찬에 참여하였다.

『승사록』은 일기(日記) 형식으로 작성된 사행록으로, 3권 4책이다.
1763년 7월 24일 영조(英祖)를 배알한 일을 시작으로 하되, 사행이 실질적

으로 이루어진 1763년 8월 3일부터 사행을 마치고 복명(復命)한 1764년 7월 8일까지의 사행의 공식적 일정을 모두 기록하였다.

제1권에는 한양에서 부산을 거쳐 쓰시마를 경유해 시모노세키(下關)에 이르는 동안의 여정의 일들을 기록하였고, 제2권에는 시모노세키를 출발해 에도에 도착한 후 전명의식(傳命儀式)을 마치기까지의 여정의 일들을 기록하였다. 제3권에는 회정록(回程錄)이라는 부제로 전명의식을 마치고 돌아오는 여정의 일들을 기록하였다. 일본의 정치·경제·사회·역사·지리·학문·인물 등은 물론 가옥·항만·선박 등에 이르기까지 일본의 문화와 문물 전반에 걸쳐 다양한 내용이 수록되어 있다. 특히 제3권에는 최천종(崔天宗) 사건과 관련하여 매우 상세한 기록이 남아 있다. 고려대학교 육당문고(六堂文庫)에 소장되어 있다.

8월 15일

맑음. 새벽에 망궐례를 행하였다. 의흥에서 점심을 먹었다. 50리. 신녕에서 묵었다. 40리. 이날 95리를 갔다. 역마를 타고 음식을 제공받으니 임금의 명이 내 몸에 있다. 향을 올리고 예를 행하니 임금을 그리는 마음에 조금 위로가 되었다.

의흥에 들어가 시온의 거처에 앉아서 형편없는 음식을 성토하였다.

신녕에 도착하니 궁색하여 시온의 숙소로 옮겨 묵었다. 밤에 정사께서 우리 네 사람을 맞이하여 현가(絃歌)를 베풀었다. 나는 안질 때문에 먼저 나왔다. 장수 찰방 이명진은 예전 동료인데 밤에 만나러 왔다. 군위에서 지응했다.

16일

맑음. 새벽에 비 뿌림. 영천에서 묵었다. 40리. 숙소가 옹색하고 부족한 것이 많아 직접 말을 타고 동쪽 언덕의 궁벽한 거처로 옮겼다. 청도에서 지응하였다. 군수 이수가 이웃 숙소에 있어 만나러 갔다.

영천은 전례로 도회읍이라 칭한다. 바다를 건너는 사람은 뱃사람 외에 모두 여기에서 모이기 때문이다. 본도 감사가 전례에 따라 전별연을 베풀었기 때문에 세 사신과 감사가 조양각에 모였다. 조양각은 남쪽 고장의 명승지이다. 층층벽 위에 있는데 앞으로 큰 내와 빈 들이 있고 그 너머 산들이 점철되어 있다.

마상재 연습 때문에 관광하려는 남녀가 여러 군에서 다 모여들어 사방으로 빼곡하게 둘러쌌고 각 차사원과 부근 수령 역시 많이 와서 모였다. 이윽고 연례를 행하였다. 빈주가 지형에 따라 나누어 앉았는데 각기 높이 괸 음식상을 받았다. 네 문사는 동쪽을 바라보고 줄지어 앉았는데 역시 높이 괸 음식상이 있었는데 등급에 따라 차이가 있었다.

기악을 성대히 펼치니 도내의 명기가 모두 모여 각기 기예를 떨쳤다. 경주가 최고였고 안동이 그 다음이었다. 나는 안질 때문에 먼저 돌아가고 나머지 사람들은 흥을 타 즐거움을 다하느라 새벽이 되어서야 파하였다.

연례를 행할 때 땅이 협착하여 군관, 의원, 통역은 각기 거처에서 음식상을 받았다. 송라 찰방 남범수, 소촌 찰방 박사복은 모두 조양각 위에서 대면하였다. 이날 역마 역시 바꾸어 나는 사근마를 탔다.

각 행차 소속과 관광하러 온 자는 합하여 만으로 헤아렸다. 복식과 기용이 신선함을 경쟁하고 자랑하고, 여악이 따라서 마음껏 펼치니 예로부터 통신사행이 매번 영천이 도회라고 일컫던 것이 까닭이 있었다.

나물과 떡을 파는 자들 역시 때를 얻었다 여겼고 잡화를 파는 무리가 나뉘어 내와 언덕을 둘러싸고 있었으니 좋은 구경거리였다.

17일

아침에 흐렸다가 저녁에 갬. 모량에서 점심 먹다. 50리. 경주에서 묵다. 30리. 이날 80리를 갔다.

새벽에 출발하였다. 길가에 앉아 두 친구를 기다렸다가 모량까지 동행하였다. 밀양에서 지공하였다. 또 앞서 행렬이 경주 10리에 못 미쳐 김각간묘에 올라가 재배를 행하였다. 무덤을 언덕처럼 쌓았고 둘러싼 돌과 난간석이 34개였다. 구석에 비갈이 있었는데 앞에는 "신라태대각각김공유신묘"라고 씌어있고 뒤에는 소기가 있었다. 남지훈이 경주 부윤 시절 지은 것이다.

왼편 계곡에 암자가 있어, 네 승려가 거처하고 있었다. 한식과 주석에 관아에서 묘제를 행하고 서원은 경주부 서쪽에 있다고 한다. 경주부에 들어가 밤에 객사에 들었다. 장수, 송라 두 찰방을 차례로 만났다. 경산이 지응하였다.

十五日

晴。曉望闕禮。中火義興, 五十五里。宿新寧, 四十里。是日行九十五里。乘馹騎食廚傳, 君命在身, 上香行禮, 少慰北望之懷。入義興, 坐時韜所次, 討些劣飯。至新寧困蠍, 移宿時韜所。夜上相邀余四人, 因設絃歌, 余以眼疾先出。長水丞李命鎭, 舊時同僚, 夜來見。軍威支應。

十六日

晴。曉點雨。宿永川, 四十里。舍次壅塞多蠍, 躬自騎馬, 至東阿僻舍移之。清道支應。郡守李琇, 在隣舍, 往見之。永川例稱都會邑, 渡海之人舟卒外, 皆會于此。本道監司, 例設餞別宴, 故三使相與監司, 會于朝陽閣。閣卽南州名勝, 在層壁上, 前臨大川之外, 曠野之外, 群山點綴。爲馬上才習藝, 觀光男女, 數郡畢至, 四面簇擁而各務, 差員及附近守令, 亦多來會。已而行宴禮, 賓主隨地形分坐, 各擁高排床, 四文士面東列坐, 亦高排而有殺, 盛張妓樂, 道內名妓皆會, 各皆抖擻, 而慶州爲最, 安東次之。余以眼疾先歸, 餘人乘興盡歡, 至曉乃罷。方宴時以地窄, 軍官及醫譯, 各於所次受之。松蘿南凡秀、召村朴師宓, 皆於閣上接面。是日驛馬亦替把, 余騎沙斤馬。蓋各行所屬及觀光人來者, 合以萬計。服用競誇新鮮, 女樂從以駘蕩之。從古信行, 每稱永川都會者, 蓋有以也。賣茶賣餅者, 亦自謂得時, 而雜貨隊分, 包絡川原, 蓋勝觀也。

十七日

朝陰晚晴。中火车良。【五十里】宿慶州。【三十里】是日行八十里。
曉發。坐路傍待兩友, 同行至车良, 密陽支供。又前行未至慶州十里, 而登金角干墓行再拜。起塚如阜, 屏石欄石, 爲三十四, 隅右有碣。

前書新羅太大角干金公庾信墓, 後有小記, 南至薰尹東京時作也。左
旁谷中有僧菴, 四僧居之, 寒食秋夕, 自官行墓祭, 書院則在府西云。
入慶府, 夜入客舍, 歷見長水、松蘿兩丞。慶山支應。

十五日晴晚行到 關館炉薪與...五...宿...是日
行九十五里 來朝騎食廚傅 君命在身上香行禮
少憩北望之懷人義與坐時醞雨次討此旁飯玉新寧
困轍移宿時醞雨夜上相邀余四人因設絃歌余以眼
疾先出長水丞李命鎮舊時同僚夜來見軍威支應
十六日晴晚點雨宿永川四十 舍次壅壅多礙躬自騎
馬至東阿僻舍移之清道支應郡守李祷在隣舍往見
之永川倒榆都倉邑渡海之人平外皆會于此本道臨司
倒設餞別宴故三使相與臨司會于朝陽閣三即南州
名勝在廣歷上前臨大川々外曠野々外羣山點綴為
馬上才習藝觀光男女數郡暴至四面簇擁而各務差
負及附近守令亦多來會已而行宴禮賓主隨地形分

坐各擁高排床四文士面来列坐亦高排而有筵盛張
妓樂道內名妓皆會各皆拌攢而慶州為最安束次之
余以眼疾先歸餘人乗與盡懽至曉乃罷方宴時以地
窄軍官及鑒譯各於所次受之松羅南九秀臣村師
密皆於閣上接面是日驛馬亦替把余騎沙斤馬盖余
行所屬及観光人来者合以萬計眼用競誇新鮮女樂
從以駞蕩之從古信行毎稱永川都會者盖有以此賣
萊賣餅者亦自謂得時而雜貨隊分伝絡川原盖勝観也
十七日朝陰晚晴中火年良里五十 宿慶州三十 是日行八
十里　晚嶽坐踰傍待兩友同行至年良密陽支供又
前行未至慶州十里而登金角干墓行再拜起塚如阜
屏石欄石為三十四隅右有碣前書新羅太大角干金

公厥信益後有小記南至薰尸東京時作也左窮谷中
有僧養四僧居之寒食秋夕自官行墓祭書院則在府
西云八慶府夜入容舍歷見長水松羅兩丞慶山支鴈

十八日大霧晚陽中火仇於驛_{四十里}宿蔚山_{三十}是日行
八十五里 仇於寧海支鴈府使金養心相見甚懼入
兵營兵使申光瀷時住仇於未還同兩友坐南門夕至
壽京余山行時牵夫也時余山遊觀来密月餘矣夜兵
蔚山彦陽支供兵營鎮撫邊基戌寅通引也營奴鶴
使来餞使行一床未及遍餞一行故也

十九日暘午熱如盛暑宿松堂_{五十里} 橋渡太和川穿過
十里松林吐潭上老石以待兩友至松堂村家蕭洒樹
竹舊蕊千里得意今夕為最但恨與諸友隔五里相望

1764년 6월

27일(정미)

아침에 흐리다가 저녁에는 타는 듯이 더웠다. 아화(阿火)에서 점심을 먹고, 영천(永川)에서 묵었다. 이 날은 80리를 갔다.

○ 해 뜰 무렵 출발하여 사행의 뒤를 따라갔다. 모량(毛良)의 큰 나무 그늘 아래에서 잠시 쉬었다. 앞으로 아화에 이르려면 50리가 남았으므로 의령(宜寧)에서 지참을 내었는데, 본 현감인 서명규(徐命珪)는 오지 않았다. 경주 부윤이 의령에서 지공을 하지 않을까 염려되어 어제 저녁에 지참을 내게 하였는데, 의령에서 이미 온 것을 보고는 곧 그만두고 돌아갔다.

그때부터 영천 지경에 이르는 데까지 아무도 길을 인도하지 않았다. 고을에 이르자 어떤 마을 사람이 서기(書記)가 온 것인지 물어보고는 군수청(軍需廳)으로 인도하였다. 방과 마루에 먼지와 쓰레기가 수북이 쌓이고 마루에는 다 헤진 홑겹의 돗자리를 깔아놓았으며, 한 사람도 응접하는 사람이 없어 냉수를 구하여 입을 부셨는데 앉아있을 수가 없었다.

한 시간쯤 기다렸는데 나와보는 사람이 끝내 하나도 없어서, 마두(馬頭)를 시켜서 관리를 불렀지만, 또한 오지 않았다. 방도 오랫동안 쓰지 않아서 있을 수가 없기에 점사(店舍)에 나가서 앉아 있는데, 잠시 뒤에 사령(使令) 한 명이 그제서야 비로소 왔기에 문 밖으로 내쫓으라고 명령하였다. 한참 있다가 관리 한 명이 와서는 겉만 그럴듯한 말로 변명을 늘어놓았고, 또 조금 있다가 남사빈(南士彬)이 다시 사람을 보내어 마음을 푸시라고 청하였다 잠시 뒤에 또 사빈이 직접 와서 마음 풀기를 청하였다.

잠시 뒤에 사빈이 자리에서 일어나 고을 관아로 가더니, 잠시 뒤에 사상(使相)께서 심부름꾼을 보내어 아랫사람을 치죄(治罪)하지 말라고 하기에, '본래 한 대라도 영천 하인을 매질할 뜻은 없었다'고 회답하였다. 또 심부름꾼을 보내어 불러오라고 하시기에, 저녁이 되어 나아가니, "사처[下處]가 어떠하기에 화를 내기까지 하였으며, 또 점심 식사를 물리쳤다고 하는데 참말로 그러한가?" 하고 말씀하셨다. 그렇게 된 연유를 아뢰고 사처에서 나왔다.

영천의 물건은 먹고 싶지가 않아서, 흥복에게 "주막 주인에게 흰죽을 쑤어 가져오라"고 시켰다. 대개 사람을 이같이 대접해 놓고는 오히려 하인에게 죄를 줄 것이 염려되어 사상께 그만두게 해달라고 청하니, 참으로 내가 힘이 없어서 저들이 당연히 멸시하는 것이다. 사람을 대접하는 예(禮)와 의(義)는 중요하지 않단 말인가? 사상께서도 또한 나를 너무 몰라주신다. 점사에 전갈이 나무 많아서 흥복을 시켜 높은 언덕 위의 촌집을 구하여 자리를 옮겨 묵었다.

영천 군수인 윤득성(尹得聖)이 "도해통인(渡海通引) 손성익(孫成翼)이 본래 경주에 살고 있었으므로, 여기에서 낙후한다"고 일러주었다.

28일(무신)

아침에 흐리고 저물녘에는 찌는 듯이 덥더니, 저녁에 비가 왔다. 신녕(新寧)에서 점심을 먹고 의흥(義興)에서 묵었다. 이날은 80리를 갔다.

ㅇ 또 흥복을 시켜 흰죽을 가져오라고 해서 먹었다. 빈천한 자는 한평생 흰죽만 먹으니 청상(淸爽)하다고 끝없이 자조하였다.

해가 뜬 뒤에 사상을 따라 떠나, 점심에 신녕에 도착하였다. 민명천(閔明川), 양선전(梁宣傳)과 함께 시냇가 정자에 앉았는데, 고을 사또인 이재관(李在寬)이 사상을 보러 왔다가 잠시 함께 앉아 이야기를 나누었다.

통인 취빈(聚彬)이 본래 영천에 살았으므로, 여기에 이르러 낙후하였다.[1] 두 벗의 편지를 받으면 즉시 답장을 써서 부치라고 시켰다.

점심을 먹은 뒤에 먼저 떠나 의흥에 이르렀다. 이곳 현감인 김상무(金相戊)는 작년에 부산에 이르렀을 때에 때마침 내가 일이 생겨 범어사(梵魚寺)에 갔다가 돌아오자마자 숙소로 나를 방문했었고, 그의 아들 또한 와서 문안했었다. 그런 까닭에 바로 동헌(東軒)으로 들어가서 한가하게 담소를 나누고 연당(蓮堂)으로 나와서 묵었는데, 매우 반갑게 맞아주었다.

퇴석(退石, 김인겸)이 사랑했던 기생 계애(桂愛)를 학수고대하다가 오지 않는다는 소식을 듣고는 자못 낙심한 얼굴빛을 띠었다. 왜국의 부채를 꺼내어 주고 흥복에게 또 말린 가다랑어 세 덩이를 주었다. 퇴석은 자기 입으로 "이번 사행에서는 훼절(毀節)하지 않았다"고 말했다. 부산에서 출참할 때 계애(桂愛)와의 일이 있었고, 현감이 비안에서 출참할 때도 이와 같이 사랑한 기생이 있었다고 전하였다. 그런데도 도리어 얼굴을 마주하고 우리를 속이니, 가증스럽고도 가증스럽다.

저물 무렵부터 이경(二更)까지 소나기가 내려, 시냇물이 불어 넘쳤다.

---

1) 변탁의 『계미수사록』에서 "영천 임취빈을 소동(小童)으로 데려갔다"고 했는데, 돌아오는 길에 영천에서 사행원들과 헤어진 듯하다.

二十七日 [丁未]

朝陰晚烘熱。中火阿火。宿永川。是日行八十里。○平明發行, 隨使行後。少憩毛良大樹陰下。前至阿火, 五十里, 宜寧出站。本倅【徐命珪】不來。慶尹慮宜寧之不及支供, 昨夕使出站, 見其已來, 卽罷歸。前至永川地境, 無引路, 至邑有一村人問書記來否, 因前導至軍需廳房與軒, 塵芥堆積, 軒置敗單席, 并無一人應對。求冷水嗽口, 而不得坐待一時, 頃了無一人來見者。使馬頭招一吏, 而亦不來。房亦久廢不可已, 出坐店舍。有頃一使令始至, 命逐出門外。又數頃一吏來, 飾辭分疎。又有頃南士彬再送人, 請開釋。又有頃士彬親來, 請開釋。有頃士彬起向本官, 俄而使相送伻戒勿治罪下人, 答以本無一笞加。永川下人之意, 又回伻邀來。乘夕進去, 則教以下處如何而至於起怒? 又却畵物云信否? 答以所以然之故, 因出下處, 不欲喫下永川之物。命興福作白粥於主人以來, 蓋其待人如此, 而猶慮下人之治罪, 至請使相要禁戢。我固無勢, 彼宜蔑視也, 獨不重待人之禮與義乎? 使相亦太不知我矣。以店舍之多蠍, 使興福尋得高阜上村舍移宿。卒倅【尹得聖】卽云。渡海通引孫成翼, 本居慶州, 至此落後。

二十八日 [甲申]

朝陰晚蒸熱夕雨。中火新寧。宿義興。是日行八十里。○又使興福, 具白粥吃。貧賤者, 平生惟是粥, 緣爲淸爽, 自嘲自笑不休。日出隨使相離發, 午至新寧。與閔明川、梁宣傳, 同坐溪亭。主倅【李在寬】爲見蓮幕, 而來坐話。移時通引聚彬, 本居永川, 至此落後。直使便得兩友書, 卽作答以付。午飯後, 先發至義興。主倅【金相戌】前年至釜山, 適余遭事, 往梵魚寺, 才還訪余於舍次。其子亦來問余, 故直入東軒, 從容敍話。出宿蓮堂, 接待甚歡。退石所眄妓柱愛苦待, 退石聞不來, 頗

有落莫之色。出給倭扇, 興福又給鰹節三塊。退石自言, 今行不毀節
云。釜山出站, 有桂愛事, 主倅又傳, 比安出站, 亦有所眄如此, 而反對
面瞞我, 可憎可憎。驟雨自昏抵二更, 川渠漲溢。

九十里○平明發程乘朝陰授仇於驛盈徳出站西鼎

監驛李明来云千歳矣藝蓋不堪下坐朝驛夕八慶州翡

點海蟶連伊之兄玉娘皆来遍引亦以釜山出站時舊

面迎拜各分給倭物若干饌品精潔可口一倭扇賞甘

嘗變所謂倭物即在役地最情親若閑宏仲達輩所贖

也以物薄故不能盡辭今欲散盡行路不欲持故於京

也慶尹處恭議重尚在撝欲入見而曾在釜山不及接

話故止之

二十七日丁朝陰晚焜蓺中火阿大宿永川是日行八十
里○平明發行随後少愒毛良大樹陰下前至阿
火五十里安寧出站本倅徐珏命不来慶尹廳宜寧之不
及支供昨夕使出站見其已来即罷故前至永川地境

無引路至邑有一村人問書記來居因前導至軍需廳
房與軒塵芥堆積軒置敗單席并無一人應待求冷水
漱口而不得坐待一時項了無一人來見者使馬頭招
一吏而亦不來房亦久廢不可已出坐店金有項一使
令始至命逐出門外又數項一吏來餞辭分跳又有項
南士彬每送人請開釋又有項士彬親來請開釋有項
士彬起向本官俄而使相送俾戎勿治罪下人答以本
無一答加永川下人之意又曰伴邀來乘夕進去則教
以下慮如何而至於起恕又却畫物云信若荅以听以
然之故因出下慮不欲喫下永川之物命興福作白粥
於主人以來蓋其待人如此而猶慮下人之治罪至請
使相要禁戢我固無勢彼冝蔑視也獨不重等人之豐

與義亨使相亦太不知我實以店舍之多辭使興襟郭

得高阜上村舍移宿卒倅聞得　即云渡海通引孫國翼

本居慶州至此落後

二十八日晴朝陰晚蒸熱夕兩中火新寧宿義興是日行

八十里〇又使興福具白粥吃貧賤者平生唯是粥綠

為清爽自嘲自笑不休日出随使相離發午至新寧興

閔明川梁宣傳同坐漢亭主倅寬李在為見蓮幕而来坐

話移時通引聚彬本居永川至此落後直使便得兩友

書即作荅以付午飯後先發至義興主倅金相前年至

釜山適余遭事往梵魚寺寸還話余柠舍次其子亦

来問余故直入東軒従容叙話出宿蓮堂接待甚歡退

石所眄妓桂愛荅待退石聞不来頗有啎莫之色出給

倭扇興福又給鯉節三塊退石自言今行不毀節云釜

山出站有桂愛事主倅又傳比安出站亦有所眄如此

西反對面瞄我可憎心驟雨自昏抵二更川渠張溢

二十九日酉朝陰灑雨晚發宿五十里義城○早飯後入

東軒移時打話追到義城與南士㻶聯枕主倅鞹相也

三十日嶺陰中火一直宿安東是日行七十里○一直青

松出站而府使柳居下上京云千入安東主倅金孝明

將往咸昌爲見正使山作書修候於上相及兩友并修

咸衙書付陪吏

七月初一日辭陰点雨中火黿家宿榮川是日行八十里

○曉行望 關禮早發至榮川主倅金亨順興倅孫申大

并接話於使豪坐出坐舍次興倅歷話余叔話間遊覽

사록(槎錄)

군관 민혜수

　민혜수(閔惠洙, 1723~?)의 본관은 여흥(驪興), 자는 명숙(明叔). 1757년 별시 무과에 합격하였고, 명천 부사(明川府使)를 지냈다.

　1763년 정사 조엄(趙曮)·부사 이인배(李仁培)·종사관 김상익(金相翊) 등 통신사 일행이 도쿠가와 이에하루(德川家治)의 습직(襲職)을 축하하기 위해 일본을 방문하였을 때, 명무군관(名武軍官)으로서 부사 이인배를 배행하였다. 이방(二房) 소속이며, 일공(日供)을 담당하였다.

　이듬해 1764년 4월, 오사카에서 피살된 상방(上房) 도훈도(都訓導) 최천종(崔天宗)의 시신을 오사카의 관원 및 군관 이매(李梅)·오재희(吳載熙), 수역 최학령(崔鶴齡)·이명윤(李命尹)·현태익(玄泰翼) 등과 함께 재검하였다.

　『사록』은 1권 1책으로 필사본이다. 고려대학교 육당문고(六堂文庫)에 소장되어 있다. 후반부가 결락되어 있다. 현존하고 있는 내용을 보면 권두의 「사행원역(使行員役)」과 「사행일기」만으로 구성되어 있다. 「사행원역」이 상당히 자세하며 상상관·상관·차관·중관·하관의 구분을 두었다. 「사행일기」는 1763년 8월 3일 출발부터 매일 기술되어 있는데 이듬해 정월 30일 히코네(彦根) 도착에서 끝이 나 있다. 사행의 실무적인 진행과정이 비교적 상세히 서술되어 있다.

15일(기해)

맑음. 의흥까지 50리 가서 점심을 먹고, 신녕까지 40리 가서 묵었다.

세 사신이 새벽에 망궐례를 올리고 이이어 출발했다. 의흥에 도착하여 점심을 먹었다. 의흥부사 김상무가 만나러 왔다. 성주 목사 한덕일이 참관으로서 병이 있어 오지 못하였다.

오후에 출발하여 저녁에 신녕 객사에 도착했다. 서쪽 언덕 위에 환벽정이 있었다. 수죽과 청송이 삼면을 둘러싸고 앞에 맑은 샘이 있어 올라가 보니 맑고 깨끗하여 사랑스러웠다. 군위 현감 임용이 참관으로 접대하러 왔다. 밤에 신녕 현감 서회수가 만나러왔다.

16일(경자)

영천까지 40리 가서 묵었다.

새벽에 출발하여 아침 전에 영천에 닿았다. 바다를 건너갈 삼방(종사관) 소속의 통인 15인이 여기에 와서 기다리고 있었다. 새로 사라능단 옷을 입고 오리정에 나와 알현하였으니 바로 전례이다. 조양각에 도착하니 경상 감사 김상철이 이미 와서 기다리고 있었다.

식후 세 사신과 감사가 함께 모였다. 청도 군수 이수가 참관으로 왔다. 칠곡 부사 김상훈이 감사의 지응 때문에 왔고 안동 부사 김효대 공, 경주 부윤 이해중 공은 연회석에 참석하기 위해 왔다. 함양 부사 이수홍, 안음 현감 정소검이 연회상 지응 때문에 왔다. 영천 군수 윤득성이 참석해 앉았다.

조양각 대청이 매우 널찍하였으나 오히려 협소할까 걱정하여 서북과 서쪽에 보조 계단을 설치하였다. 안동, 경주 및 본군의 기악이 나란히 모였다. 사신 앞에는 각기 세 개의 큰 연회상이 차려지고 앞에는 화병이 꽂혀있으니 지극히 풍성하고 사치스러웠다. 앉아서 서로 바라보면 얼굴이 보이지 않을 정도이니 상을 얼마나 높이 괴었는지 알만하였다. 비장이하 원역의 상이 비록 사신의 상만큼은 못하였으나 역시 격식이 있어 협상의 찬품이 모두 높이 괴여 있었으니 국내 사행 가운데 제일 큰 폐단이라 할 만하였다. 종일 음악을 연주하고 파하였다.

조양각 밖 평야에 마로(馬路)를 닦아 마상재를 시연하였다. 관광하는 남녀가 산과 들에 가득하였고 사방 이웃의 관리들이 다 모였다고 한다. 저녁 후에 동경(경주) 부윤의 거처에 가서 얘기하다가 닭이 울 때 그만두고 돌아왔다. 칠곡 부사 역시 전별연을 베풀었다. 이정담 군이 연전에 이곳에 와서 우거하여 만나니 매우 기뻤다.

17일(신축)

맑음. 모량까지 60리 가서 점심을 먹고, 경주까지 20리 가서 묵었다.

새벽에 출발하였다. 모량역에서 점심을 먹었다. 대구 판관 이성진이 판관으로서 휴가를 받아 상경했으므로 지대하러 오지 않았다.

신시 후에 경주에 도착했다. 곧바로 관아에 들어가 윤 수백을 만났다. 밤에 맹기온과 인사를 나누었다. 장청에서 노기 영매에게 가야금을 연주하게 하고 비점, 조창적에게 노래하게 하였다. 비점은 병사 조덕중 씨가 수십년 기른 자로, 늙어서 본토에 돌아왔는데 평소 여협이라 일컬어진다. 지금 보니 정신과 기골이 있어 명성은 헛되이 얻는 것이 아니라 할 만하였다. 영장 홍관해가 만나러 나왔다. 경산 현감 서유경, 하양 현감 이귀응이 참관으로 왔다.

十五日己亥

晴。義興五十里中火。新寧四十里宿。

三使相。曉行望闕禮。仍爲發行。到義興中火。主倅金相戉出見。星州牧使韓德一。以站官有病不來。午後發行。夕到新寧客舍。西邊岸上。有環碧亭。脩竹靑松。環繞三面。前有淸泉。登臨瀟灑。可愛。軍威縣監任瑢。以站官來待。夜主倅徐晦修出見。

十六日庚子

永川四十里宿。

平明發行,朝前到永川。三房渡海通引十五人,來待於此,而新着紗羅綾緞之衣,出現於五里亭,卽前例也。到朝陽閣,巡相相喆先已來待,飯後三使相與巡相同會。淸道郡守李琇,以站官來。漆谷府使金相勳,以巡相支應來。安東府使金公孝大、慶州府尹李公海重,爲參宴席來。咸陽副使李壽弘、安陰縣監鄭昭儉,以宴床支應官來。本郡守尹得聖參坐。閣之大廳頗通廣,而猶患狹隘,西北西邊設補階。安東、慶州及本郡,妓樂齊會。使相之前,各設三大宴床,前揷甁花,極爲豊侈,坐而相望,不見面目,可知床之高排矣。裨將以下,員役之床,雖不如使相之床,而亦有體,挾床饌品,皆高排,可謂國內使行中第一巨弊也。終日奏樂而罷。閣外平郊,修治馬路,試馬上才,觀光男女。漫山蔽野,四隣官畢集云。夕後往話,東京尹下處,鷄鳴罷歸。漆谷倅亦設餞。李君挺馣,年前來寓此處,相見甚喜。

十七日辛丑

晴。毛良六十里中火。慶州二十里宿。

平明發行,中火於毛良驛。大丘判官李宬鎭,以站官受由上京,不

爲來待。申後到慶州, 直入官衙中, 見尹綏伯。夜與孟器溫敍會, 將廳使老妓英梅鼓琴, 比点、趙昌迪唱歌。点卽趙兵使德中氏數十年率蓄者, 老歸本土, 素稱女俠, 今見有精神骨氣, 可謂名不虛得。營將洪令觀海出見。慶山縣監徐有慶、河陽縣監李龜應, 以站官來。

聖出見

十五日己亥晴義興五十里中火新寧四十里宿

三使相晤行堂 關禮仍為發行到義興中火主倅

金相戌出見星州收使韓德一以站官有病不來于

後發行夕到新寧客舍西邊岸上有環碧亭儔竹青

松環統三面前有清泉登臨蕭洒可愛軍威縣監任

璔以站官來待夜主倅徐晦修出見

十六日庚子 永川四十里宿

平明發行朝前到永川三房渡海通引十五人來待

於此西新著紬羅緞緞之衣出現於五里程即前例

也到朝陽閣巡相○○高喆先已來待節後三使相
與巡相同會清道郡守李塙以站官來蒸谷府使金
相勳以巡相支應來安東府使金公孝大慶州府尹
李公海重爲恭宴席來咸陽府使李壽弘安陰縣監
鄭昭儉以宴床支應官來本郡守尹得聖恭坐閣之
大廳頗通廣而猶患隘陝西北兩邊設補階安東慶
州及本郡妓樂齊會使相之前各設三大宴床前抽
瓶花梘一爲豐侈坐而相望不見面目可知床之高排
矣裨將以下負役之床雖不如使相之床而亦有體
挾床饌品皆高排可謂國內使行中夐一巨擘也終

日奏樂兩罷閣外平郊修治馬路試馬上才觀光男
女漫山敲野四隣官畢集云夕後從話東京尹下處
雞鳴罷歸盎谷焠亦設餞李君挺韠年前來寓此處
相見甚喜
十七日辛丑晴毛良六十里中火慶州二十里宿
平明發行中火於毛良驛大丘判官李宬鎮以站官
受由上京不爲來待申後到慶州直入衙中見尹綏
伯夜與孟兒溫叔會將廳使老妓英梅鼓琴此占趙
昌迪唱歌占即趙兵使德中氏娶十年寧蓋者老歸
本土素捕女俠今見有精神骨氣可謂名不虛得營

將洪令觀海出見慶山縣監徐有慶河陽縣監李龜

應以站官來

十八日壬寅晴仍於四十里中火嶽山四十里宿

平明發行中火於仇於驛寧海府使金養心延日縣

監趙慶輔以站官來待慈仁爲並站此慶站舍狹隘

造假家於野中使相下慶略倣房屋之制塗排而吾

革所慶則長假家矣午後發行夏過左兵營城池似

山城雖未見其內所見甚殘夕到嶽山本府使洪益

大受由上京彦陽縣監洪晟亦以站官頗報不來兵

使申令光翼震侯李文國來見衣兵使誤餞與溫叔

명사록(溟槎錄)

한학상통사 오대령

오대령(吳大齡, 1701~?)의 본관은 해주(海州), 자는 대년(大年), 호는 장호(長灝). 초명은 오억령(吳億齡)이다. 1717년 정유(丁酉) 식년시(式年試) 역과(譯科)에 1위로 합격하였고, 사역원 첨정(僉正)을 지냈다.

1763년 정사 조엄(趙曮)·부사 이인배(李仁培)·종사관 김상익(金相翊) 등 통신사 일행이 도쿠가와 이에하루(德川家治)의 습직(襲職)을 축하하기 위해 일본을 방문하였을 때, 한학상통사(漢學上通事)로서 종사관 김상익을 배행하고 일본에 다녀왔다.

1764년 우시마도(牛窓)에서 이노우에 시메이(井上四明)와 시를 주고받았고, 그 시가 『사객평수집(槎客萍水集)』에 수록되어 있다. 또한 오사카에서는 가쓰 겐샤쿠(勝元綽)와 에도에서는 이마이 쇼안(今井松庵, 井敏卿)과 필담을 나누었고, 그 필담이 『양호여화(兩好餘話)』 부록과 『송암필어(松庵筆語)』에 수록되어 있다.

1763년 8월 3일 정사 일행이 조정에 하직인사를 올리고 길을 떠난 날부터 이듬해인 1764년 7월 8일 집으로 돌아오기까지 듣고 본 일들을 간결하게 기록한 사행기록 『명사록(溟槎錄)』을 남겼다.

『명사록』은 1권 1책의 필사본으로, 국립중앙도서관에 소장되어 있다. 겉표지 서명은 '명사록(溟槎錄)'이며, 속표지는 '계미사행일기(癸未使行日記)'로 되어 있지만, 1928년에 조선총독부 도서관에서 이 책을 구입하면서 "계미년의 사행일기"라는 뜻으로 써 넣은 것이다. 사행일기와 문견록으로 구성되어 있다. 사행일기는 1763년 8월 3일부터 이듬해 7월 8일 복명(復命) 때까지 매일 기록되어 있다. 「추록(追錄)」이라는 문견록에는 일본의 풍속·쓰시마·류큐국(琉球國)의 지리와 역사에 대해 간략히 서술되어 있다.

15일(기해)

맑음. 동 트기 전 망궐례를 행하고 이어서 출발하여 50리를 가서 의흥에 도착해 점심을 먹었다. ○○에서 출참하였다.

또 40리를 가서 신녕에서 묵었다. 지례에서 출참하였다. 이어서 종사관이 분부하여 다담을 제하였다.

16일(경자)

맑음. 해가 뜨자 출발하였다. 40리를 가서 영천에 도착하였다.

본도의 관찰사가 어제 저녁에 와서 기다리고 있었다. 이어서 전별연을 베풀고 기악을 크게 펼쳤다. 상탁의 풍성함, 수륙의 진미가 연로에서 제일이었다.

또 마상재를 구경하였다. 관광하는 자들이 산야에 두루 가득차 인산인해라 할 만하였다. 구례에 따르면 통신사에게 다섯 곳의 전별연이 있었으나 차차 줄어 지금은 이곳과 부산에서만 전별연을 베풀 뿐이니, 역시 말세의 일이다.

관찰사가 삼읍을 파견하여 사연을 준비하게 하여 각기 한 방씩을 담당하였다. 삼방(종사관) 일행은 칠곡이 담당하였다. 이어서 유숙하였다. 본관이 지대하였다.

17일(신축)

아침에 잠깐 흐림. (영천에서) 새벽에 출발하였다. 40리를 가서 모량원에 도착해 점심을 먹었다. 영천에서 지응하였다. 또 40리를 가서 경주에 도착했다.

옛 도읍의 남은 터전이 눈 닿은 곳마다 여전하였다. 산수가 개랑하고 인물이 풍성하여 여전히 그 당시를 상상하게 하여 모르는 사이 후세의 탄식이 일었다. 유숙하였다. 본관에서 지응하였다.

十五日己亥

晴。天未明行望闕禮, 因發行五十里, 至義興中火。【○○出站】又行四十里, 新寧止宿。【智禮出站】因從事官, 分付除茶啖。

十六日庚子

晴。日出發, 行四十里, 至永川。本道巡使, 昨晚來待矣。因設餞宴, 大張妓樂。床卓之盛, 水陸之味, 沿路第一。又觀馬上才, 觀光者, 遍滿山野, 可謂人山人海矣。蓋舊例, 通信使有五處賜宴, 而次次減除, 今則只有此處及釜山宴而已, 此亦末世事也。巡使派定, 三邑使之辦設, 各當一房, 三房一行, 漆谷當之矣。因留宿。【本官支待】

十七日辛丑

朝乍陰。平明發, 行四十里, 至毛良院中火。【永川因支應】又行四十里, 至慶州。舊都遺基, 觸目依然, 山水開朗, 人物豊盛, 尙想當世, 不覺後時之歎。留宿。【本官支應】

本官
支待連値　國忌故倍站必以十六日到永川事自歇日前使

行定奪

十五日己亥晴天未明行望　開禮因發行五十里至義興中

火出站又行四十里至新寧止宿

十六日庚子晴日出發行四十里至永川本道巡使昨晚來待　智花出站

回從事官分付途噉茶

矣曰設餞宴大張妓樂床卓之盛水陸之味沿路茅一又觀馬

上才觀光者遍滿山野可謂人山人海矣盖舊例道信使有五

慶　賜宴而次：減除今則只有此慶及釜山宴而己此亦未

世事也巡使沙定三邑使之辦設各當一旁三旁一行滾谷當

之矣因留宿　本官支待

十七日辛丑朝作陰平明發行四十里至毛良院中火　永川又支待

行四十里至慶州舊都遺基巋目依然山水開朗人物豐盛尚

想當世不覺後時之歎留宿文待官

十八日壬寅晴平明發行五十里至仇於驛中火水沾清河倅清河倅

即學洞葬五宮夫人之兄也崔姓余初依俙不能記憶崔倅先

發舊而目之說怡乃醒記彼此懽問而罷晚後發行二十里至

蔚山止宿木館文官

十九日癸卯晴日高發行六十里至龍堂站止宿出興海站

二十日甲辰晴平明發行五十里至什休亭從事官搜驗一行

卜物後至五里亭具儀伏鼓吹 國書龍亭先行通三房神將

我眼前排羅列而行三使行具公眼按次而行一行員額亦以

公眼後排羅列而行威儀之盛眼邑之華照耀日中觀光者殉

해행일기(海行日記)

작자 미상

『해행일기』는 1책 60장의 분량으로, 서상원(徐尙源) 소장의 사행록이다. 서유대(徐有大) 집안에 가전되어 왔으므로 서유대가 작자로 추정되어 왔으나, 내용은 조엄의 『해사일기』를 초록한 형태이므로, 누군가에 의해 조엄의 기록이 개인적 기록물로 변형된 것이 아닌가 짐작되며, 그 누군가는 서유대일 가능성이 높다.

참고로 서유대(徐有大, 1732~1802)의 본관은 달성(達城), 자는 자겸(子謙)이다. 1757년 문음(門蔭)으로 선전관이 되었고, 2년 후 사복시 내승(司僕寺內乘)으로 무과에 급제하였다. 훈련도감의 종2품 훈련대장(訓練大將)을 지냈다.

1763년 정사 조엄(趙曮)·부사 이인배(李仁培)·종사관 김상익(金相翊) 등 통신사 일행이 도쿠가와 이에하루(德川家治)의 습직(襲職)을 축하하기 위해 일본을 방문하였을 때, 일방(一房, 정사) 소속의 명무군관(名武軍官)으로 사행에 참여하였다. 양용(梁墧)과 함께 공방(工房)을 담당하였다.

같은 해 11월 13일 이키노시마(壹岐島)로 향해하던 중 정사 조엄이 타고 간 일기선(一騎船)의 치목(鴟木)이 부러지는 사고가 발생하였을 때 영장(營將) 유달원(柳達源)과 함께 모든 군사들을 신칙하여 치목을 고쳐 꽂아 위험한 고비를 넘겼다.

이듬해 1764년 정월 하순에 오사카에서 니야마 다이호(新山退甫)에게 관상을 보았고, 이때 나눈 필담과 그의 초상화가 『한객인상필화(韓客人相筆話)』에 수록되어 있다.

귀국 후 이키노시마에서 치목이 부러졌을 때 공로를 세웠다고 하여 특별히 겸방어사(兼防禦使)를 제수 받았다. 체격이 크고 성품이 너그러워 군졸의 원성을 산 바가 없어 당시 사람들은 그를 복장(福將)이라 불렀고, 글씨에도 능해 대자(大字)를 잘 썼다.

8월 15일

맑음. 새벽에 망궐례를 행했다. 정오에 의흥에서 쉬었다. 신녕(에서 묵었다.). 90리

16일

맑음. 영천에서 묵었다. 40리.

관찰사 김상철에 전례에 따라 조양각에서 전별연을 베풀었다. 정사께서 상복(喪服)을 입고 있었으나 음악을 연주하는 데 가지 않을 수 없었으므로, 잔칫상을 받을 때 방 안으로 피하였다.

17일

(영천에서 떠나) 정오에 모량에서 쉬었다. 경주에서 묵었다. 90리.

十五日

晴。曉行望闕禮。午憩義興。新寧九十里。

十六日

晴。宿永川四十里。道伯金相喆, 例設餞筵, 朝陽閣上, 上使有服制, 不可不往赴擧樂, 受床時避入房中。

十七日

午憩毛良。宿慶州。九十里。

十二日晴午憩豐山宿安東六十里

十三日晴留安東禮單黑麻布沾濕若驟雨

十四日晴午憩一直宿義城七十里

十五日晴曉行堂 關禮午憩義興新寧九十里

十六日晴宿永川四十里道伯金相喆迎謁讌飲朝陽閣上▢

使有服割不可不徃赴宴樂受床府避入房中

十七日午憩毛良宿慶州九十里

十八日晴午憩仇於宿蔚山九十里東萊校吏十餘人來現

十九日晴宿龍堂舍六十里東萊發吏數十人來現

二十日晴至東萊憩十休辱到五里程府使鄭晩淳陳廠儀▢

國書水路次仍前導守倘行備陳渡海軍物及雜葬▢排三使

員官脈負役各脈其脈整齊班次緩營行入南門奉 國書

계미수사록(癸未隨槎錄)

선장 변탁

작자로 추정되는 변탁(卞琢, 1742~?)의 자는 성지(成之), 호는 형재(荊齋)
이고, 동래(東萊)에 거주하였다. 동래부에서 파총(把摠)·병방군관(兵房軍
官) 등을 역임하였다.

1763년 정사 조엄(趙曮)·부사 이인배(李仁培)·종사관 김상익(金相翊)
등 통신사 일행이 도쿠가와 이에하루(德川家治)의 습직(襲職)을 축하하기
위해 일본을 방문하였을 때, 원래 격군(格軍)으로 사행에 참여하였다가,
뒤에 제이기선(第二騎船)의 선장(船長)이 되었다. 1764년 오사카에서 조
선의 의원 성호(成灝), 정사반인 조동관(趙東觀), 화원 김유성(金有聲), 서
기 성대중(成大中), 군관 이해문(李海文)·유달원(柳達源) 등과 함께 유구
치 다메미쓰(湯口爲光)에게 관상을 보았고, 이때 나눈 필담이『한객인상
필화(韓客人相筆話)』에 수록되어 있다. 사행 당시의 경험을 기록한『계미
수사록(癸未隨槎錄)』을 남겼다.

조엄(趙曮)의『해사일기(海槎日記)』11월 1일 기록에 "동래 장교 변탁
(卞琢)은 곧 내가 동래 부사로 있을 때에 신임하던 자인데, 사람됨이 자
못 영리하였다. 이번 걸음에 격군(格軍)이란 이름으로 데리고 왔더니,

부사가 복선장의 대임이 없음을 걱정하므로, 변탁을 대임으로 삼았다." 라고 하였다.

『계미수사록』은 1권 1책으로 이루어져있으며 국립중앙도서관에 소장되어 있다. 사행일기와 일본노정기, 사행원역, 서계, 예단과 회례물(回禮物), 선박제조관계 기록 등이 있다. 사행일기는 4언율시 형식으로 되어 있는데 출발부터 오사카 도착까지의 과정만이 기술되어 있다.

사행일기보다 앞서 당시 사행 일행이 타고 갔던 선박의 제조와 준비 과정이 기록되어 있는 점이 특이하다. 1762년 겨울부터 1763년 8월까지 통신사행원이 타고 갈 기선(騎船)과 복선(卜船)의 제조 과정이 상세히 기술되어 있다. 통제영에서 건조한 사행선의 실체와 해양 운항실상을 파악하는데 도움이 될 뿐만 아니라, 임진왜란 이후 200여 년간 12차에 걸쳐 시행된 대일사행선단의 운항실태를 파악하는데 중요한 실마리를 제공하는 문헌이다.

사행원역의 서술에서는 중·하관들의 이름을 모두 기술하였다. 격군(格軍)의 명단까지 수록되어 있어 사행선단 6척이 어떠한 운항구조를 가지고 운항이 이루어졌는가를 추정할 수 있다. 또한 일본 측과 주고받았던 공사예단(公私禮單)과 회례물의 내역이 기술되어 있다. 여기에 기록된 명단 가운데 소동(小童) 임취빈(林就彬)과 절월수(節鉞手) 이진송(李振松)이 영천 출신이라고 표기 되어 있다.

放卜船、將　　折衝

都訓導

小童　　孫今道 慶州　　趙明三 陽　　金聖得 梁草

小通事　　金太振 慶東　　林就彬 永川　　

　　　　朴尚点 水營　　朴云興

騾筒手　　金守東　　李晩奉 水營

喇叭手　　崔汗吾　　朴世丁

哱囉手　　崔用世　　禹致貞

羅杖　　金德貞 左　　崔厚三 覽長　　全驗奉 河清

　　李太明 營　　朴用澤 興　　金起石 徳伕

金潤河

文斗興

釜山

水營

金永大 山

形名手 崔碩才 慶州 河聖守 晋州

節鉞手 李振扔 永川 金

纛手 朴奉業 海金 褒益大 左水營金

砲手 劉小亏隊 川 金德奉 左水營金

刀子 金世奉 村甫 李守長 赤梁金

清道手兼 高千儀 村甫 朴斗於隊 德盈

令旗手兼 孫夫大 靈水 金竜貞 平西

巡視手兼 李戒丑 靈水 李德才 德盈

三枝銃手兼 朴之尖同 河清 劉厄外岩 德三

月刀手兼 金元男 河甫

1811년

(제12차 사행)

신미통신일록(辛未通信日錄)

정사 김이교

김이교(金履喬, 1764~1832)의 본관은 안동(安東), 자는 공세(公世), 호는
죽리(竹里) 혹은 죽리관(竹裏館)이다. 1789년 식년 문과에 병과로 급제하
였고, 검열·수찬·초계문신(抄啓文臣)·북평사(北評事)를 거쳐, 1800년 겸
문학(兼文學)이 되었다.

1810년 10월 10일 통신사(通信使)에 임명되었다가 12월 호조판서 심상
규(沈象圭)를 탄핵한 일로 체포되어 통신사도 교체되었으나 같은 달 16일
에 다시 재임명되었다.

1811년 2월 12일 임금의 명을 받고 출발해 5월 22일 부사(副使) 이면
구(李勉求)와 함께 쓰시마후추(對馬府中)의 객관(客館)에서 도부상사(東武
上使) 오가사와라 다다카타(小笠原忠固, 源忠岡)와 부사 와키사카 야스타
다(脇坂安董, 藤安薰)에게 국서전명(國書傳命)을 거행하고 공사예단(公私禮
單)을 전달하였다.

1811년 6월 쓰시마 객관에서 막부의 유관(儒官) 고가 세이리(古賀精里)
와 시를 주고받았으며 이때 주고받은 시가 필담창화집인『삼류선생시문
(三劉先生詩文)』에 수록되어 있다. 이테이안(以酊菴)의 승려 쇼인(樵隱)과

도 시를 주고받았는데, 이 창화시는 『신미화한창수록(辛未和韓唱酬錄)』
에 수록되어 있다.

정사 김이교와 부사 김면구에게 호행대차왜(護行大差倭)가 사예단(私禮
單)으로 진유주입(眞鍮酒入) 2개를, 가번장로(加番長老)가 사예단으로 채보
(彩袱) 5조각을, 쓰시마 도주가 은으로 만든 연기(煙器) 4개를 선물하였다.

1812년에도 쓰시마에 건너가 국서를 전달하였다.

그 뒤 여러 관직을 거쳐 1831년 우의정에 올랐는데, 이때 영의정과
좌의정이 모두 공석이어서 국정을 도맡아 수행하였다. 글씨를 잘 썼고,
사행록으로 『신미통신일록(辛未通信日錄)』이 있으며, 문집으로 『죽리집
(竹裏集)』이 있다. 시호는 문정(文貞)이다.

『신미통신일록』은 3권 3책이며, 원본은 충청남도 역사문화원에 소장
되어 있다. 권1에는 「문적(文蹟)」·「강정(講定)」·「이정(釐定)」·「자문(咨文)」·
「국서(國書)」·「서계(書契)」·「장계(狀啓)」·「사신(使臣)」·「원액(員額)」·「일
행좌목(一行座目)」이 실려 있다. 권2에는 「공사예단(公私禮單)」·「원반전
(元盤纏)」·「건량(乾粮)」·「복정(卜定)」·「선장이하각차비(船將以下各差備)」·
「선척(船隻)」·「재선군기(載船軍器)」이 실려 있다. 권3에는 「차왜(差倭)」·
「공사연(公私宴)」·「마필(馬匹)」·「지참(支站)」·「유참(留站)」·「해신제(海
神祭)」·「승선(乘船)」·「각차비왜처증급(各差備倭處贈給)」·「관백이하회
례단(關白以下回禮單)」·「피지오일공매일공식례(彼地五日供每日供式例)」·
「복로(復路)」에 관련된 내용이 실려 있다. 사행 때의 공적인 활동에 대한
기록은 자세하지만, 필담이나 창화시는 수록되어 있지 않다.

1811년 2월 7일 경기감사의 첩보(牒報)에 통신사행의 연로에서의 지
응(支應) 담당에 관한 내용에 영천 지역 역시 포함되어 있다. 신녕과 영
천은 통신사의 숙소로 이용되었음을 알 수 있다.

신녕 숙소참

정사 일행은 신녕에서 담당하고 부사 일행은 칠곡에서 담당한다.

영천 숙소참

【하루 머무는 숙소와 지응을 제공한다. 규검차사원은 영천, 부산에서 자인까지 현감 유책이 담당한다.】

정사 일행은 영천이 담당하고 부사 일행은 청도가 담당한다. 잔칫상. 【개령과 청하에서 담당한다.】

新寧宿所站

正使一行, 新寧; 副使一行, 漆谷。

永川, 宿所站。【留一日站竝支應。糾檢差使員, 自永川、釜山, 至慈仁, 縣監柳策。】

正使一行, 永川; 副使一行, 清道。宴床。【開寧、清河。】

正使一行　順興　副使一行　榮川

安東宿所站 留一日 站並

正使一行　安東　副使一行　英陽主站 奉化 添助

一直中火站

正使一行　青松　副使一行　禮安

義城宿所站

正使一行　義城　副使一行　仁同

義興中火站

正使一行　義興　副使一行　軍威

新寧宿所站

正使一行　新寧　副使一行　恭谷

正使一行　永川　副使一行　清道　宴床　開寧　清河

永川宿所站 <sub/>留一日站並 自永川釜山至 支應斜檢差使員 慈仁縣監柳箧

毛良中火站

正使一行　星州　副使一行　昌寧

慶州宿所站

正使一行　慶州　副使一行　興海

仇於中火站

正使一行　密陽　副使一行　迎日

蔚山宿所站

동사록(東槎錄)

군관 유상필

유상필(柳相弼, 1782~?)의 본관은 진주(晉州), 자는 사익(士翼)이다. 무예에 매우 뛰어나 당시에 가장비(假張飛)라고 불렸다. 음서(蔭敍)로 기용되어 개천 군수(价川郡守)·황해도 병마절도사·양주 목사·총융사·우포도대장·훈련대장·형조판서 등 여러 문무 관직을 역임하였다. 1811년 홍경래(洪景來)의 난을 진압하는 데 공을 세웠다.

1811년 정사 김이교(金履喬)·부사 이면구(李勉求) 등 두 사신이 도쿠가와 이에나리(德川家齊)의 습직(襲職)을 축하하기 위해 쓰시마에 건너갈 때, 정사군관(正使軍官)으로서 사행에 참여하였다. 사행 중의 일을 기록한 『동사록(東槎錄)』이 전한다.

『동사록』은 육당 최남선의 소장본이었다가 현재는 고려대학교 아세아문제연구소에 소장되어 있다. 조선고서간행회에서 간행한 『해행총재(海行摠載)』에도 수록되지 않았다가, 국역 『해행총재(海行摠載)』 10권에 수록되었다. 사행 명단과 「양국강정(兩國講定)」 및 2월 12일 서울을 출발하여 7월 11일 서울에 도착하기까지의 일을 기록한 「일기」, 「공예단물종(公禮單物種)」, 서계(書契) 및 예단 등으로 구성되어 있다. 일기는 일본의 관심이 적어진 때문에 다른 사행 기록에 비해 소략하게 기록되어 있다.

2월 12일

두 사신이 서울을 떠났다.

같은 달 25일, 영천에 이르러 모두 모였다. 본도의 감사(監司) 김회연 (金會淵)이 본군에 왔다. 조양각(朝陽閣)에서 연회를 베풀었다.

十二日

兩使臣自京中離發, 同月二十五日, 到永川都會。本道監司金會淵 到本郡, 行賜宴於朝陽閣。

辛未二月十二日兩使臣自京中離發

同月二十五日到永川都會本道監司金會淵到本

郡行　賜宴於朝陽閣

三月初一日大風到束萊

臣等一行本月初一日到束萊府是白乎等以緣由馳

啓云々

同月初二日情罷本府兩使臣步上靖遠樓終日羹樂

初三日臨兩使臣朝登鶴巢臺本官於坐設樂飯後離發

下瓮山二十里本官尹魯東及虞候邊將祗迎入客舍

開坐受公私秖後兩使臣偕往舟艙周察渡海船四隻

구지현(具智賢)

1970년 충남 천안 눈돌 출생.
연세대학교 국어국문과 및 동 대학원 졸업.
일본 게이오대학 방문연구원 역임.
현 선문대학교 국문과 교수.
저서『계미통신사 사행문학 연구』,『통신사 필담창화집의 세계』등이 있음.

영천과 조선통신사 자료총서 2

조선통신사 사행록에 나타난 영천

2015년 9월 30일 초판 1쇄 펴냄

엮은이 구지현
펴낸이 김흥국
펴낸곳 도서출판 보고사

책임편집 이순민
표지디자인 오동준

등록 1990년 12월 13일 제6-0429호
주소 경기도 파주시 회동길 337-15 2층
전화 031-955-9797(대표)
　　　02-922-5120~1(편집), 02-922-2246(영업)
팩스 02-922-6990
메일 kanapub3@naver.com / bogosabooks@naver.com
http://www.bogosabooks.co.kr

ISBN 979-11-5516-475-4 93810

ⓒ 구지현, 2015

정가 16,000원